U0611721

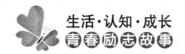

生活·认知·成长
青春励志故事

新书包旧书包

杨晓敏◎主编

地震出版社

图书在版编目（CIP）数据

新书包旧书包：创意卷／杨晓敏主编. —北京：地震出版社，2012.9
（生活·认知·成长青春励志故事）
ISBN 978-7-5028-4119-5

Ⅰ.①新…　Ⅱ.①杨…　Ⅲ.①小小说－小说集－中国－当代
Ⅳ.①I247.8

中国版本图书馆 CIP 数据核字（2012）第 188127 号

地震版　XM2776

新书包旧书包——创意卷

主　　编：杨晓敏
执行主编：马国兴　王彦艳
责任编辑：赵月华
责任校对：孔景宽　凌　樱

出版发行：地震出版社

北京民族学院南路 9 号　　　　邮编：100081
发行部：68423031　68467993　传真：88421706
门市部：68467991　　　　　　传真：68467991
总编室：68462709　68721982　传真：68455221
E-mail：seis@ mailbox. rol. cn. net
http：//www. dzpress. com. cn

经销：全国各地新华书店
印刷：北京振兴源印务有限公司

版（印）次：2012 年 10 月第一版　2012 年 10 月第一次印刷
开本：710×1000　1/16
字数：207 千字
印张：15
书号：ISBN 978-7-5028-4119-5/I（4796）
定价：28.00 元

序

杨晓敏

　　好书是具有生命力的。一本好书，我们拿在手上，揣在兜里，或者放在枕边，会感觉到它和我们的心一起跳动。在日常的学习生活中，我们每天都在用最经济的时间、精力和财力，收获着超值的知识、学问和智慧，于是我们自己，就在一天天地充实厚重起来。

　　优秀的短篇小说，就是这样的好书。它是顺应现代人繁忙生活而发展成的一种篇幅短小的小说。跟一般小说一样重视场景、个人形象、人物心理、叙事节奏。优秀的作者可写出转折虽少却意境深远，或转折虽多却清新动人的作品。

　　现在，许多优秀的作者舒展超感的心灵触觉，用生花的妙笔，把小小说从文学神坛上牵引下来，在我们广大读者面前，展现出一幅幅五颜六色的生活画卷，或曲折离奇，或险象环生，或嬉笑怒骂，或幽默诙谐。于是，阅读一本小小说，就成了繁忙生活的轻松点缀，紧张学习的有效调剂，抹平了你我微皱的眉头，漾起了会心一笑的嘴角。

　　我们精心编选的这套"生活·认知·成长青春励志故事"小小说丛书，每一辑都包含了"悟性""创意""想象""品味""风尚""情愫"六卷，并围绕这六个主题，选取当代国内知名作家的精品力作，各自汇编成书，具有强劲的文学感染力。篇篇都耐人寻味，本本都精挑细选，既是青少年认识社会的窗口、丰富阅历的捷径，又堪称写作素材的宝典。作品遴选在注重情节奇巧跌宕，阅读效果峰回路转、柳暗花明的同时，注重价值取向，旨在引导青少年全面、客观地认识社会，开阔视野和胸怀，提高综合素质，进而确立正确的人生观、价值观。

在这套书里，我们推荐给青少年读者的是充满活力的大众文化形态的小小说佳品荟萃。所选择的作品，尽量体现质朴单纯，而质朴不是粗硬，单纯不是单薄；体现简洁明朗，而简洁不是简单，明朗不是直白。它们是理性思维与艺术趣味的有机融合，是人类智慧结晶的灵光闪烁，是春风化雨滋润心灵的真情倾诉，是鲜活知识枝头的摇曳多姿，是青少年读者嗅得着的缕缕墨香。

知识没有界线，可以人类共享，只要是具有优良质地的文化产品，都能互补、渗透、影响和给人以启迪。任何一粒精壮的知识种子，播撒在人们的心灵深处，都会开出艳丽的花朵，结成高尚的果实。

青年出版家尚振山先生以极大的热情，独到的眼光，精心策划了这一套"生活·认知·成长青春励志故事"丛书，我和同仁马国兴先生、王彦艳女士应邀参与编纂，当然也愿意大力推荐给广大青少年朋友们。

2012 年春

新书包旧书包 contents 目录

楚风轩

○聂鑫森

电视台新闻部副主任宋军，是个年纪不大却颇有些名气的书画收藏家。他主要收藏当代书画家的作品，价格不会很贵，但却有很大的升值空间，谁能料到若干年后，此中不会出现齐白石、徐悲鸿那样的大家呢？

早几天，他在本市一家叫"楚风轩"的字画店，买了一幅刚故去不久的著名花鸟画家伍绍夫的《芭蕉荔枝图》，花了一万元。他真的很喜欢这幅画，一片硕大的芭蕉叶从上垂下，叶旁搁着一篮鲜艳欲滴的荔枝，题款是漂亮的行书：一年好景君记取，正是蕉绿荔枝红。可当他把画拿给本市的一位鉴定家去看时，人家却一口断定是赝品。

宋军恼了，一万元买了张假画，他跟楚风轩没完，必须退货！他清清楚楚地记得，这幅画是楚风轩的经理晁新极力推荐他买下的。这个晁新，五十来岁，矮矮胖胖，鼻梁上架着宽玳瑁边眼镜，一副老奸巨猾的样子。宋军怕晁新不肯退货，特意叫上了本部的摄影记者，还约了办报的几个哥们。

宋军和他的哥们在上午九点钟的时候闯进了"楚风轩"。当时店堂里有不少人在看画、买画。

宋军把卷好的画轴往柜台上重重一搁，说："晁经理，这画经人鉴定是假的，我要退货！"

晁新说："如果你认为是假的，本店当然退货。"

他边说边小心地展开画轴，仔仔细细地审查了一番，然后对一个店员说："拿一万元来给宋先生！"

摄像机的镜头对准了柜台上的画和晁新。

看热闹的人都围了上来。

宋军没想到晁新这么痛快。他接过那一沓钞票，数了数，放进口袋里。

晁新说："宋先生，我给你退了货，但我要告诉你，这画是真的。"

宋军问："何以见得是真的？"

"是真是假，得由权威说了算。三天后，我请省城书画院的书画鉴定家季仲平先生来此当众鉴定。如果是假的，我从此把店门关了，再不做字画生意。如果是真的呢……"

宋军爽快地说："如果是真的，我的这些哥们为贵店免费做宣传，这幅画我再用一万元购回。"

晁新笑了笑："宋先生，你再要购回，就不是一万元了，我要加价三千！"

宋军说："一言为定！"

晁新把画翻覆过去，叫店员拿来公章，在右下角盖了一个印。然后卷好画，放入一个长方形的锦盒内，合上盖子，再写好封条，封住盖口。他当着众人的面，把贴了封条的锦盒放进柜台里靠墙的一个保险柜中，再用封条封住柜门。

摄影记者把这一切都摄了下来。

宋军牢牢地记住了那个盖在画背面右下角的印章的位置。

三天后的上午九时，楚风轩人头攒动，热闹极了。

宋军和他的哥们扛着摄像机，拿着采访本，早早地站在柜台边。

从省里请来的白眉白须的鉴定家季仲平先生，特意戴上一双白手套，手里握着一柄放大镜，很矜持的样子。

晁新当着众人的面，揭开保险柜门上的封条，打开柜门，取出锦盒；

再撕开锦盒上的封条，启开盒盖，拿出画轴。他先在柜台上展开画幅，再和店员一起将画翻覆过去，让大家验看盖在右下角的印章。

宋军勾下头，细细看去，位置一点不错。

画再被翻展过来。

"季先生，请您鉴赏！"晁新说。

季先生握着放大镜，从上到下，从左到右，敛声屏气地观赏起来。

人们耐着性子等了半小时。

季先生说："百分之百的真迹！是伍先生晚年的力作！我可以在鉴定书上签字。"

宋军的脸蓦地红了。

他对晁新说："晁经理，对不起您了。我愿意以一万三千元重新购回。今天的现场鉴定，就是一个很好的新闻由头，我保证给你做一个专题节目。"

晁新说："我仍只收你一万元。这三千元是季先生的鉴定费。"

店堂里响起了热烈的掌声。

第二天，电视台播出了《货真价实楚风轩》的专题节目，几家报纸也发了消息。楚风轩的名声一下子如雷贯耳，生意比先前红火了许多。

先前给宋军看过画，并认定是赝品的本地鉴定家再次去了宋军家里，把画又认认真真看了几遍，不得不承认这是真迹。但他记得上次在看画时，因没戴手套，指甲不小心在画的左上角划了一道浅浅的印痕，而这幅画上没有这道印痕。他立刻明白了，同样的《芭蕉荔枝图》有两幅，一幅是原作，一幅是仿作。宋军第一次买的是仿作，退货后，所谓盖印、封存不过是障眼法，然后晁新再掉包，把真的换进去，为的是把"楚风轩"的名声"炒"大"炒"响。这个晁新，果然有好手段。

宋军问："这幅画怎么样？不假吧？"

没有人答话。

那个本地的鉴定家悄悄地走了。

新书包旧书包

○中　学

　　妈妈是在女儿的书包里发现纸条儿的，那是半张印着浅粉色蝴蝶图案的信纸。妈妈捏着信纸，怎么也控制不住自己的手，抖啊抖，抖个不停。

　　老婆：

　　　　你今天的发型好漂亮好可爱耶！老婆老婆我爱你，就像老鼠爱大米。

　　　　　　　　　　　　　　　　　　　　　　　　你的老公：LY

　　　　嘻嘻！谢谢啦。那明天我还给你梳这个发型，好吗？王子，我也爱你，就像农民爱大粪！

　　　　　　　　　　　　　　　　　　　　　　　　你的老母：ZML

　　老婆：

　　　　放学后在老地方等我。Kiss you！

　　　　　　　　　　　　　　　　　　　　　　　　你的老公：LY

　　妈妈眼前一黑，险些摔倒。她瞥一眼床上的女儿，女儿睡得很沉。妈妈轻轻地关了灯，退出女儿的房间。回到自己屋，妈妈擦了擦溢出泪花的双眼，又看那半页信纸，这次她看清了，中间那段话是女儿写的，"ZML"不正是女儿"甄美丽"的拼音字头吗？妈妈不懂英语，但拼音还是学过的。那"LY"是谁呢？还有"Kiss you"是什么意思呢？

妈妈找出女儿月考时的班级大榜，查找"LY"。她找到一个叫"李勇"的，还有一个叫"刘越"的，还有一个叫"梁野"的，还有一个叫"林阳"的，还有一个叫"冷怡"的。这五个名字的字头都是"LY"，从名字上看，李勇肯定是男孩，冷怡应该是女孩，刘越、梁野和林阳可就看不出是男是女了。这个"LY"到底是哪一个呢？

不知过了多久，妈妈觉得心里平静了，这才小心地推开女儿的屋门，悄悄地把折好的信纸按原样放回女儿的书包。

妈妈文化不高，平时也不看书。自打丈夫病故，她就一心一意地供女儿上学，宁可自己吃苦受累，也绝不让女儿受半点儿委屈。可她万万没想到，女儿居然这样不争气。天哪！"老婆""老公"，白纸黑字儿的，这孩子疯了不成！

可怜的妈妈还蒙在鼓里呢。近来，女儿学习成绩下降了，天天早晨宁可不吃饭，也要照着镜子认真地梳头。这一切的一切，都是有原因的呀！

原因找到了，下一步怎么办？

死鬼！两眼一闭，自己走了，把个不争气的孩子扔给我一个人，你叫我怎么办呀？妈妈抹起了眼泪。

妈妈决定了，打，往死里打！看她还敢不敢。可她下得了手吗？女儿是她的心头肉呀。她向丈夫保证过，一定要对女儿好，一定要把女儿培养成人。电视里说过，打不是教育孩子的办法。那该怎么办呢？

妈妈心乱如麻，坐卧不安。眼看十二点了，妈妈劳累了一天，竟毫无睡意。睡不着，又待不住，她就开始收拾屋子。白天当钟点工，光收拾别人家的屋子了，自己的家乱得不成样子了。

收拾衣柜时，妈妈看到了女儿上小学时用过的书包：浅蓝色防水布的面儿，上面印着一只米老鼠。当时，为要这个书包，女儿还哭了鼻子呢。过生日那天，看到爸爸买回书包时，女儿乐得连蹦带跳，直喊"老爸万岁"。

妈妈捧着这个旧书包，心里暗暗打定了主意。

天亮后，妈妈做好了饭菜，叫女儿起床。

和往常一样，女儿洗完脸，就对着镜子认真地梳头，边梳头边唱："爱是你我，用心交织着生活，爱是你和我……"

女儿吃完饭，找不到书包了。

"在沙发上！"妈妈指着那个旧书包说，"用这个吧，书本我都给你装里了。"

"妈！"女儿刚喊一声妈，这才注意到，妈妈的眼睛是红肿的，眼里已经噙满了泪水。"妈，你……"

"孩子，用这个书包吧。"妈妈严肃地说。

女儿怔怔地看着妈妈，怯怯地问："妈，你怎么啦？"

妈妈擦了擦眼睛，笑了，说："没什么，背上这个书包走吧，一会儿迟到了。"

"妈，我那个黑书包呢？背这个破书包还不叫同学笑掉大牙呀！"

妈妈说："怎么成了破书包了？你上小学时，可是喜欢得不得了呀！"

"那时我不是小嘛——现在我大了，哪能背这样的书包呢？"

妈妈拉起女儿的手，说："孩子，你现在用的那个新书包，一定觉得很漂亮，也很喜欢，是吧？"

女儿点头。

妈妈接着说："上了大学后，你还会用那个黑书包吗？"

女儿不明白妈妈的意思，没说话。妈妈意味深长地说："孩子呀，到那时候，你肯定会选更新的书包啦。"妈妈边说，边抚摸着女儿的头发，女儿的头发黑黑的，柔柔。"孩子，你知道吗？"妈妈动情地说，"你现

6

在的任务就是学习，千万不能分心呀——书包旧了，不喜欢了，可以扔掉，再换新的；可有些事儿呀，妈得告诉你，你还小啊孩子，你可得谨慎啦，一步走错，再想回来，可就难了呀！"

女儿扑到妈妈怀里，哭着说："妈妈！对不起，女儿让你操心了……"哭了一会儿，女儿抬起头，擦干了眼泪，说："妈，你放心吧，我知道该怎么做了！"

妈妈把女儿拉到怀里，母女俩紧紧地拥抱在一起。

你在天堂会开心

○徐慧芬

已是腊月了。今年的冬天特别冷，这间小小的病室里从早到晚都开着暖气。明亮的窗玻璃因为暖气化成的水汽挂在上面变得模糊起来，这让屋里的一群孩子感觉不到冬天的景象。

屋子里的孩子都患了同一种病。病情稳定时，他们把病室当成自己的家，看看书，画画图，做点像折纸这样的手工。情况严重时，他们就整天卧在床上。

这个叫点点的六岁小女孩病情开始严重了。但是，她仍很快活。因为她的妈妈每天都要给她讲好听的故事。一年来，妈妈好像成了一个童话作家和故事大王了。妈妈故事里的主人公总是这个叫点点的女儿。妈妈的故事常常把其他的孩子也迷住了。

有时候，点点也想心思。她知道家里没有爸爸，只有妈妈一个人工作，从她住进医院起，她就常常问妈妈：妈妈，我的病会好吗？妈妈，我们欠了人家很多钱吗？妈妈总是笑眯眯摸摸她的头：乖孩子，放心吧，有妈妈在，一切都会好的！

年轻的母亲能告诉年幼的女儿真相吗？为了点点的病，她已打了好几份工，可是从她知道女儿的骨髓无法配对时，她的心就被剜去了。

圣诞夜的那天，天气特别冷，孩子们收到了圣诞老人的礼物——那是病区医护人员的慈善行动。孩子们欢喜了一阵后，渐渐进入梦乡。只有点

8

点喘着气，似睡非睡。妈妈把礼物举高了放到点点眼前，点点连握一握礼物的力气也没有了。

"妈妈，我要听……"点点眼睫毛动了一动，张了张微闭的眼睛，声音轻得只有妈妈才能听见。

妈妈蹲了下来，把嘴巴对着点点的耳朵：好的，妈妈接着昨天再往下给你讲。

"花仙子住在天堂里，为了不惊动地上的人，一般都是在晚上，轻轻地踏在云身上，风一吹，就把花仙子吹到地上来了。花仙子到地上来是有一种工作要做，做什么工作呢？她要采摘地上各种美丽的鲜花。花仙子随身带着一个很大的篮子，她要把地上长着的，还有树上结着的花，采下来装在篮子里，带到天堂里去。干什么呢？带到天堂里去炼药，炼一种能治百病的药。有一天，花仙子踏着云，又来到了地上。风儿轻轻一吹，把她吹到了这间屋子里。这是在半夜里，大家都睡着了，一点儿都没觉得。花仙子看到床上躺着一个叫点点的小姑娘，这个小姑娘长得很像自己。花仙子想认她做妹妹。花仙子知道点点生病了，吃了很多药，打了很多针都没好。花仙子准备把点点带到天堂里，用百花炼成的药把点点的病治好。花仙子把点点抱起来，装在她的篮子里，可是花仙子的篮子里装不下点点。花仙子只好失望地回到天堂里。有一天，她在天堂里散步，碰到了圣诞老人。圣诞老人见花仙子闷闷不乐的样子，就问她，有什么难处吗？花仙子就把这件事告诉圣诞老人。圣诞老人听了哈哈大笑说，这有什么难的呢？圣诞之夜我正要把礼物带给孩子们，礼物送完了，你和点点都可以坐到我的雪橇上，我把你们带回天堂……所以，点点你听着吗？等一会儿，花仙子和圣诞老人接你去的时候，你不要害怕，你要高高兴兴的，你在天堂里一定会开心，点点你听到了吗……"

妈妈的声音越来越轻，越来越轻，越来越轻……

点点的脸上开始出现一种奇异的笑容，眼睫毛又动了一下，嘴巴微微张开："妈妈，我真的很开心。"像花瓣掉在地上的声息，也只有点点的妈妈听得出声音的确是快乐的。

一切静了下来。

点点的妈妈把头伏在女儿床上。好久，她才站起来，开始把花篮里，还有花瓶里的鲜花，慢慢抽出来，一枝一枝盖在女儿身上。然后她叫来了护士。

一辆推车，缓缓走在病室的过道里。远处，平安夜的钟声响起，载满鲜花的点点，走进天堂。

陈州茶园

○孙方友

茶园，在陈州统称"清唱茶园"，就是可以一边饮茶一边听曲的那种。陈州茶园最早出现在晚清，具体时间无人考证。茶园也有档次之分，高档的园内建有小舞台，能彩唱，也可开大戏。低档的只能清唱，像唱玩会，有鼓有锣有胡琴，三五人一伙，一个人顶多种角色，敲打起来，也算一台戏。

在清末民初年间，陈州最有名的茶园是"雅园"。据《陈州县志》载，雅园大约建于民国五年，地址很好，前临陈州大酒店，后临祥云公路。老板姓李，名少卿。园内既是茶棚也是戏院，建有舞台。演出当中，送茶的相公来回穿梭，也有卖瓜子的，撂手巾把儿的，卖"大炮台"机制香烟的。陈州一带剧种多，不但有梆子戏，还有曲剧、越调、道情、二夹弦、四平调，除去这些，还不时有曲艺大腕来演出。豫北的坠子皇后乔清芬就常来演出《五蝶大红袍》《金镯玉环记》什么的，一人一台戏，很是叫座。据传到了民国二十几年，这里还放过电影。什么《火星人》《大香槟》《难兄难弟》《破镜重圆》等影片，多是在此放映的。

李少卿是陈州北白楼人，父亲是个大财主，李少卿从小喜欢听戏，因白楼离城不远，他常常随伙计们进城看大戏。尤其是每年二月二太昊陵庙会期间，他几乎就住在了庙会上。因为每逢庙会，来的戏班子就多，往往是几个戏班子对台唱。当时最有名的戏班子有大赵家、二赵家、周口"一把鞭"、太康道情班、项城越调班。听得多了，他慢慢也开始学唱，与名伶交朋友。有一年，他去汴京，见城里有茶园子，内里可以唱戏接戏班儿，不禁心动，回来劝说父亲，卖了十几亩好地，便盖了这个"雅园"。

由于"雅园"档次高，接戏班儿多接名班，慢慢就成了某种象征。来这里听戏喝茶的顾客也多是有身份的人，党政要员、商家大贾，请客谈生意，"雅园"是最好的去处。名伶们自然也愿意朝这里来，票房好，捧场的多，那是一种享受。新角儿更想朝这里来，因为一进来就长了身份，不红也可以被捧红。用现在的话说，这叫"一炒天下知"。

李少卿是懂行的人，一旦发现好苗子，他就极力将其捧红。被捧红的角儿，三年内要向他交"炒银"若干。这叫"暗钱"，又是两厢情愿。当然，也有忘恩负义的小人，被捧红了，却忘了"雅园"的功劳，不但不交"炒银"，有时还拿大。对这种人，李少卿也有招儿治他们。有一年，一个名叫"草兰香"的女艺人被"雅园"捧红后，三年不进陈州城，更不向李老板交"炒银"，还私下说自己唱红是自然条件好，就是"雅园"不炒不捧也照样能走红。李少卿听说后笑笑，第二年就物色到一个比"草兰香"更好的苗子，取艺名叫"香草兰"，专演"草兰香"演的戏，后由李老板出资，为她所在的班子添置全新行头，并包班三个月，专与"草兰香"的班儿对棚，一直将"草兰香"顶"臭"为止，害得那"草兰香"与班主一同备厚礼来向李少卿赔情，并付了所欠的"炒银"，此事才算了结。

慢慢地，李少卿就成了陈州一带不登台的"戏霸"。自然，随着李少卿的名声越来越大，陈州茶园也越来越红火。为扩大经营，李少卿在周口、项城都开了分园。

陈州沦陷的那一年，李少卿已年过半百。由于战争，戏班子大多散伙，没散的也跑进了国统区。论说，李少卿在国统区也有分园，可以避难一时，怎奈当时其母病重，李少卿是个孝子，只让家人去了项城，剩他一人留在家中侍候老娘。日本人侵占陈州之后，要搞什么皇道乐土，听说李少卿的茶园办得好，就派人将他叫到了日军指挥部。

日军驻陈州的指挥官叫川端一郎，喜音乐。不知什么原因，他对河南梆子戏也情有独钟。日军占领陈州之后，他就打听到李少卿这个人，今日唤他来，主要是想通过他将这一带的豫剧名伶召到陈州来，唱上几台大戏，以显示出"皇道乐土"的神威。李少卿一听这话，比较犯难地说："太君，若在过去，这种事儿并不难。可现在战乱，戏班子有的散了，有的在国统区，不好办！更何况有不少伶人因为你们的入侵，都剃了光头留了胡须，发誓抗战不胜利决不演戏，更给这事增加了难度，你让我怎么办？"川端一郎是个明白人，他知道李少卿说的都是实情。可自己能将不容易办成的事办成了，那才叫真正的胜利。于是，他冷下脸来对李少卿说："皇军来了，你们有不少艺人不但不欢迎，而且还煽动民众反抗！这是大日本帝国所不能容的！让你来，就是让你引线，由我们来征服他们！"李少卿双手一摊说："眼下连人都找不到，你们征服谁？"川端一郎冷笑一声说："我们唤你来就是让你去找人！"李少卿为难地说："我毫无他们的信息，你让我去哪儿找？"川端一郎说："这个我的自有办法，只要你帮我们找到他们的家人就可以了！"李少卿一听这话，知道这是日本人想先将艺人们的家人抓来，然后逼他们回来。这个日本鬼子外表文静，心可狠毒着哩，他觉得这是大节问题，决不能配合他们，便冷了脸问："我要是不配合呢？"川端一郎望了他一眼，手一摆，只见两个日本鬼子将他的老娘架了出来。李少卿一看日本人抓了他的老娘，万分吃惊，怒斥川端一郎说："我母亲重病在身，你们为什么如此对待她？"川端一郎笑了笑说："你是孝子，我的知道！只要你帮我们，我可以让我们最好的医生给你母亲看病，不可以吗？"李少卿说："你们真是欺人太甚！"川端一郎说："我劝你还是老老实实地跟我们配合！"李少卿望了望川端一郎，问："我要是不配合呢？"川端一郎一听铁了脸子，又一挥手，只见两个日本人牵来了两条狼狗。两条日本狼狗张牙舞爪，气势汹汹地对着李少卿扑来扑去。川端一郎双目紧盯着李少卿说："你如果不配合，我就让狼狗当着你的面将你的母亲撕吃了！"李少卿一听这话，大惊失色，急忙说："太君，万万使不得！我说就是了！"李少卿万般无奈，正欲说什么，只见他母亲突然挣扎而起，叫道："儿呀，你万不能说，说了就成了千古罪人了！你万万不可为娘而失大节呀！"说完，老太太就要去死，可怎能动得了！李少卿望着倔强的母亲，禁不住热血沸腾，他心中十分清楚如果顺了日本人，那才是最大的不孝。想到此，便大喝一声，喊道："娘呀，自古忠孝不可两全，儿子先您老人家去了！"言毕，上前就死死抱住了川端一郎，一口咬住了川端一郎的鼻子……枪声响，李少卿倒在了血泊里……

抗战胜利后，陈州人自动捐款为李少卿母子立了一块"母子碑"，并特意放在太昊陵东厢房的"岳飞观"里，至今还在。

莲花香

〇闵凡利

悬心山下有个村子叫闵家庄。村里有个学堂。学堂里有很多的学子。当然了，这很多的学子中有用功的，还有一些不用功；有听话的，还有些是不听话的；有成绩好的，还有是不好的。一这样，学堂里的先生就会很烦恼。先生姓闵，叫星举，是个红门秀才。闵秀才就常常为此叹息。

唉！有时不听话的多了，闵秀才的叹息就会重：唉！

一到唉的时候，闵秀才就皱着眉头思考。有时很快会把一些问题想清楚。秀才嘛，脑瓜还是很灵光的，比一般人转得快。但也有转得慢的时候，闵秀才就上悬心山。山上的风清，一吹，有时问题就会吹开的。可有时风再清，也把问题吹不开，那样，闵秀才就会到净心寺，找悟了禅师。

悟了禅师一看闵秀才的表情，就知他为什么来寺里了。虽然都是痛苦，但有的痛苦是写在脸上，有的是写在心上的。写在脸上的痛苦是脸上的肉在疼，写在心里的痛苦是眼神在痛。两者是不一样的。这些，瞒不了悟了禅师。

这是春日的一天，闵秀才又上了悬心山，来到了净心寺。佛堂里光了空小和尚在。拜完佛，闵秀才就问了空：悟了禅师呢？

小和尚用手一指后院说：师父在花园里整理花草呢！

闵秀才就朝后院的花园走去。悟了老和尚正拿着剪刀在修剪花草。只见他手中的剪刀上下翻飞，此起彼落。一些花草的枝条随着剪刀的飞舞落入了尘埃。

可老和尚在修剪花草上不按常理下剪，明明是很茁壮的枝条他却剪去，但对一些枯枝浇水施肥，格外照顾。还有的明明长得很茁壮，他却把其连根拔起，移栽到泥盆中。最令闵秀才百思不得其解的是：悟了老和尚用锄在没长任何花草的空地上锄来锄去。他没问为什么，只是把眉头拧得越来越紧。

当闵秀才的眉头拧得像根绳的时候，悟了老和尚开问了：又是为学子们的事来的吧？

闵秀才没有说是也没有说不是。老和尚知道他说准秀才来此的目的了，继续说：世上万事，皆归一理。作为先生和花匠，实际上是在做着同一件事啊！

闵秀才还是没有吭声。

老和尚说：我照顾花草，等同于你教育你的学子。人是怎样培育的，花草也应该是那样的。

闵秀才摇了摇头说：师父所言差矣。花草树木是静止不动的植物，你给它水分、阳光、空气和养料，它就会茁壮成长。它又不会跟你调皮，和你玩心思啊！

老和尚说：世上万物道理都是相通的。实际上都是一样的。

秀才没有吭声。悟了老和尚知道秀才这是不服呢，就笑了笑说：照顾花草和培育学子一样。你也看到了，刚才我把那些看似繁茂，实际上是生长错乱不合规律的花草，剪其枝蔓，去其杂叶，目的是免得它们浪费养料，只有这样，花草才会发育得好，才会按人们的意愿长成人们喜欢的样子。这就好比使那些年轻的学子们收敛气焰，去其陋习和恶习，把自己的成长纳入正道一样。

闵秀才听到这儿没有说啥，只是两眼望着悟了和尚。和尚知道，他的话已把秀才打动了。和尚接着说：知道我刚才为什么把这株发黄发瘦的牡丹连根拔起栽入这个泥盆中吗？这个泥盆中的土壤我是就这株花一年所需要的养料按粪土和腐殖物的比例的多少配制的。目的是使这株花儿离开这个不适宜它生长的贫瘠土地，去接触这适宜它生长的沃土。这就好比使你的一些生活在乌烟瘴气中的学子离开其不良环境，到良好的环境中接触良师益友，获得更高的学识一样。知道孟母三迁的故事吧？

闵秀才点了点头。

悟了说：昔日孟母为了给小孟子寻找一个好的生活环境，三迁其家。后来孟子终于成为了一代大儒。可见，环境对学子的影响是多么的重要啊！

闵秀才说：你说的这些我都能明白，但我不明白的是，你为什么要给那些枯萎的花木浇水。

悟了和尚说：给枯木浇水，实在是因为那些花木的枯萎，看似已死，实际内里却蕴藏着无限的生机。你看，悟了和尚怕闵秀才不相信，用手掐断了一枝看似枯死的花枝，就见断处正沁出新鲜的汁水。悟了和尚说，这叫皮死心不死。就好比一些调皮捣蛋的学子，不要以为他们是不可救药的，对他们灰心放弃，要知道人性本善良，只要悉心照顾，用法得当，终能使其得到重生。一位先生，教育出栋梁之才固然重要，但我认为，如果一位先生能使一些不可救药的学子得到重生，成为社会的有用之才，那是无量的功德啊！

闵秀才说：我明白了。

悟了和尚说：我知道你刚才为什么把眉头拧得那么紧。你是对我在这些空白的土地上锄地不理解。我这样做，是为了松动硬土。因为土里有我种的花种，土壤松动了，那些等待开花的种子便能萌芽，便能成长。这就好比那些贫苦而有心向上的学子一样，你帮助他们一下，他们就会破土发芽，开出鲜艳的生命之花啊！

闵秀才听到这儿给悟了和尚深深作了一揖，说：谢谢禅师，我知道自己该怎么做了。说完转身要走。悟了和尚说了声：慢！

闵秀才回过身，悟了和尚说：你跟我来！

闵秀才随老和尚来到斋房。悟了和尚指着装满水的木桶和一个小茶罐对闵秀才说：你用木桶里的水把这个茶罐灌满。闵秀才看了看悟了和尚，和尚的目光很慈祥。闵秀才就把木桶歪着，往小茶罐里倒水。茶罐不大，容积只有木桶的四分之一，但口小，不好灌。就有很多的水洒出来。秀才抬头看了看老和尚，老和尚正仔细地看着他手中的水桶。秀才只好继续灌下去，等到把木桶里的水都倒光的时候，茶罐才灌满。闵秀才看着地下的水，有些不好意思，说：你看这水洒的，一斋房都是。

悟了和尚却没管脚下的水，只是说：我让你用水桶往茶罐里灌水是想告诉你，要想灌满这一茶罐，那得需要这一桶的水啊！面对你的学子们，要想传授给他们一茶罐的知识，你没有一水桶的学问那是不行的啊！不然，你这位先生就是误人子弟啊！这是……

闵秀才一挥手打断了悟了和尚的话，说：师父，你不要说了，我知道你要说什么，你放心，我会永远记住你的话的！说着抬头看了看太阳，说，我该走了，孩子们要来上课了！接着施了一礼，走了。

望着闵秀才急匆匆的背影，悟了和尚双手合十，很响地诵了声：阿弥陀佛！

每一片叶子都会跳舞

○韩昌盛

孙小丹裙子的背面多了两片树叶，细细的，长长的，向同一个方向飞扬着。她跑过来时，叶子也跟着跳动，划出欢快的痕迹。

最早发现这个秘密的是杨赛。上课时，坐在孙小丹后面的杨赛用直尺轻轻地刮了一遍，又用手摸了一下，却被老师发现了。杨赛不好意思地站起来，指着那两片树叶，我想看看是不是真的。

全班同学的注意力一下子被吸引过来了。老师也仔细地看了，摸了。真漂亮，老师说。孙小丹恬静地笑了，看着书本。老师问是一买来就印在上面的吗？她摇摇头，我妈绣的。

大家都觉得她真幸福，成绩那么好，人缘也不错，还有一个会刺绣的妈妈。于是，在五彩缤纷的条纹中，图画中，那两片叶子静静地，像一个美丽的女子挥着长袖缓缓起舞。于是，下课时她行走的背影聚焦了羡慕、赞美的目光，仿佛看到了春风起处两片绿叶在树上舒展着优美的身姿。

孙小丹又换了一套衣服，青布的褂，青布的裤，在满带着饰品拼着图案的服装中间非常的低调。孙小丹没有感觉到，依然静静地读书认真地写字欢快地玩耍，一点也没有向往那些写满"流星花园""王子变青蛙"服装的意思。大家却还是把目光给了她，给了她背上的三片叶，裤子上的两片叶。很多人都看出来了，那些叶子充满了力量，飞扬着，飞动着，飞舞着，在阳光满地的校园有一种别样的美。到底什么样的美，清新？绿色？

典雅？超俗？谁也说不准，不过爱美的女生总是不由自主多看两眼，看那些叶子优雅地变换着舞步。

班里的女生悄悄地问，都是你妈绣的？看书的孙小丹点头，我妈绣的叶子最漂亮。

过了一段时间，燕子飞回来了。校园里出现了各式各样的线衣，农村孩子把线衣直接穿在外面，孙小丹也是。不同的是线衣背面只有一片树叶，法桐叶，三个叶尖向上努力着，鼓满了力量，仿佛后面吹来温暖的风。

终于，李宛宛忍不住了，她拽孙小丹去吃糖果，能不能叫你妈给我绣一片叶子？孙小丹腼腆地笑着，你衣服已经很漂亮了。

郭倩倩请她吃冰棒，大大方方地说叶子太美丽了，请你妈绣一片最好看的，我天天买冰棒给你吃。孙小丹红着脸，你这身衣服有这么亮的条纹，不需要叶子。

很多人找她，请她帮忙给妈妈说一声绣一片叶子，哪怕简单地勾勒一下也行。孙小丹羞涩着，你们的衣服已经非常美丽了，不需要叶子点缀。

于是孙小丹依然带着叶子翩翩起舞，于是她和叶子依然就是大家心中独一无二的风景。

李宛宛悄悄地写纸条，我们到她家去，有着同样梦想的孩子点头，对，直接请阿姨帮忙。所以，在某个春风和煦空气中散播着花香的星期六，五个女生出现在孙小丹家中，孙小丹正在院子里闭着眼睛背单词。

孙小丹高兴极了，她搬板凳，倒茶，她们不要。郭倩倩看到院子里很静，她说阿姨呢？孟萍翻着她的英语书，阿姨出去打工了吗？孙小丹犹豫了一下，我妈走了，不在家。

孙小丹拿了一个镜框出来，这就是我妈，走了好几年。大家看了，白皙的脸，齐耳的短发，很漂亮的妈妈。

那叶子呢？孙小丹说叶子是她妈妈绣的，她在走之前买了很多衣服够穿三四年的，都绣上了树叶、花叶、荷叶，还有小草的叶子。那年我上四年级，孙小丹将镜框放在桌子上，妈妈又教我绣叶子，她说女孩子衣服上有些东西好看，将来买不起带花的衣服就自己绣，也一样好看。

喏，你们看，孙小丹又欢快起来，指着竹竿上的衣服，这都是我绣的，快赶上我妈了。

李宛宛有些难为情，小丹你别生气，我们还以为你不想给我们绣自己漂亮呢。郭倩倩也羞涩着，不知道你家里的事，真对不起。孙小丹看看这个，看看那个，自己腼腆地笑起来，没事，我还怕你们看不上眼呢。她拍拍脑袋，要不我教你们绣？

李宛宛点头，郭倩倩点头，去的孩子都笑眯眯地点头。

星期一开学时，班里多了许多漂亮的叶子，飞扬的，静静的，大方的，羞涩的。绿了大家的眼，仿佛教室是一片葱绿的树林。下课时，女孩子在操场上玩游戏，叶子跟着步伐就飞舞起来，每个舞姿都不雷同。

飞跑的孙小丹停下来，我妈打电话说要来看我了，还带着弟弟，到时叫我妈给你们绣。来回追逐的孩子们也停下来，想象着千里之外的妈妈来时肯定会带上许多衣服，每件衣服上都会绣上最美丽的树叶、花叶、荷叶，还有小草的叶子。

因为，因为每一片叶子都会跳舞。因为每一个孩子都是母亲一生的舞蹈，从不停止。

青龙刀

○邓洪卫

青龙偃月刀,别名"冷艳锯"。刀长九尺五寸,重八十二斤,刀身镶有青龙吞月图,其势生动欲飞。

关公在罗汉峪遭遇伏击。吴军的长钩套索齐出,赤兔马屈蹄而倒,关公翻身落马,青龙刀被甩在一旁。吴将马忠率人上前缚住关公,牵住战马。有一小校奔来捡刀。刚到近前,忽青龙刀腾空而起,风起刀落,来人犹作站立状,然头已落地,一腔血喷出,溅在近前将校的面上,仿佛映着朵朵鲜艳的梅花。众将校顾不得擦拭脸上的鲜血梅花,执着关公父子,骇然而退。

青龙刀在冰冷的山坡里静躺着,好像一个疲倦至极的斗士。其时,朔风凛凛,白雪霏霏,山川肃穆,树林无语。三天后,青龙刀破雪而出,在晦暗的天空中,开始了它艰险的旅行。它行走的轨迹,拖下一道长长的冷月之光。地上无数百姓跪拜雪中,祈祷着异象和战争一起消失,他们能停止流浪,回到故土,安居乐业。

青龙刀潜入敌将马忠的营中,它想为主人报仇雪恨。一道紫光横在帐前,使它不能突入。徘徊不定中,在马厩旁遇到了老伙伴赤兔马。这个曾在战场上如活虎生龙的宝马良驹,已经绝食数日,奄奄一息。赤兔马强打精神,留下最后一言:何不去联合张飞将军的丈八蛇矛枪,来为主人复仇?说完,赤兔马长嘶一声而亡。

青龙刀化悲痛为力量，在黑夜中向西川飞行。一路上，它遇到了意想不到的阻击。首先是砍山刀的偷袭。当年，砍山刀的主人华雄，曾被关公斩杀。关公由此威震乾坤，为诸侯侧目。砍山刀躲在树后，呼啸而起，砍向青龙刀，它的气势足以使天摧地塌岳憾山崩。青龙刀敏捷地侧身躲过。旋即回身，致命一击。砍山刀顷刻间被折为两截，刀头和刀柄恋恋相望，虽近在咫尺，却再也不能连接。青龙刀并不回首，昂然继续它的行程。

正向前行，忽见天色昏暗，黑云蔽日。原来是以颜良的三亭刀、文丑的金背刀为首，召集五关将军、庞德七军的兵器，组成联军，汹汹而来。青龙刀圆睁龙目，双耳乍开。隆隆的战鼓声骤然响起，惊心动魄的一幕幕又在眼前浮现。英雄、宝马、神刀的奇妙组合，使多少勇将在呼吸之间身首异处。青龙刀从辉煌记忆中清醒过来，它抖擞精神，长啸一声，冲入敌阵，如劈波斩浪。转眼之间，无数断铜废铁如冰雹纷然而落，砸坏了地上无数的树木庄稼。

青龙刀突破重围继续行进。几番劫杀更加深了为主人复仇的欲望。在一个血色苍茫的黄昏，终于见到它的兄弟丈八蛇矛。其时，丈八蛇矛也正处于失去主人的悲痛中，张飞已经为部将范疆、张达所害。青龙刀真想抱住兄弟痛哭一场，然后说出联手报仇的计划。没想到丈八蛇矛却冷目以对。青龙刀不解，问，矛弟这是何故？丈八蛇矛怒道，我主人的武艺并不在你主人之下。可只因为你的主人为兄，我主人为弟，我主人总要让你主人一步。你主人为五虎上将之首，而我主人非要屈居于你主人之下。你主人镇守荆州要地，我主人只是小小阆中太守。正因你主人比我主人高上一头，我也要处处矮你半截，尊你为兄。俺心中郁闷久矣，如今，你我主人俱失，正好比试高低，有个公断！言毕，丈八蛇矛不容分说，一道白光闪过，将矛头直刺青龙刀的龙眼。青龙刀大怒，回刀劈向丈八蛇矛。龙来蛇往，战了一个时辰。青龙刀无心恋战，怯阵而逃。

青龙刀独自飞行了许久，渐悟到自己的失败是远行疲惫的结果。它决定跟丈八蛇矛再次决战，以泄心中之恨。就在它满脸杀气掉转身形再次向阆中挺进之时，忽听身下有人呼唤：青龙刀今欲何往？青龙刀低头见一老僧在下面山上静坐。青龙刀认得是镇国寺长老普净，当年他曾救过主人的性命。青龙刀就将关公遇害之后的是是非非，一并说了。普净大笑：青龙刀差矣。昔是今非，一切休论，后果前因，彼此不爽。你主人为吕蒙马忠等人所害，和颜良文丑等人为你主人诛杀，皆为天命，非关人事。你与丈八蛇矛本为一堆铜铁，毫无干系，何来怨仇！怨由心生，仇为利结，怨仇缠绕，何有穷尽！

　　青龙刀闻言顿悟，谢过法师，惊慌慌地掉身向相反的方向飞行。行不多远，它的龙眼里开始流血，先是华雄之血，然后是颜良文丑、五关守将、蔡阳等的血。紫红的血呀整整流了三天三夜。当龙眼里最后一滴血流出，青龙刃杀气顿失，猝然落地，断为数截。正好有几个农民路过，捡拾起来，要带回去改装一番，以备砍柴切菜之用。

请拉住我的手

○程宪涛

农妇纵身一跃，跳上唐镇长办公室的窗台，转过头大声道，俺家山林地被村长霸占了，再不给俺一个说法，俺就从这里跳下去。

镇长办公室里的人个个目瞪口呆，瞬间苍白了一张张面孔，纷纷下意识地伸出手去，连声喊，不能跳有事好商量！农妇道，这件事村子里研究了两年，现在镇里还要商量，分明是拿俺百姓当猴耍，俺今儿就一头撞出去罢了。

镇机关的秘书忽然说，大家都不要阻拦她，现在看着她跳。大家开始还是一愣，忽然恍然大悟，跟着有人起哄道跳吧跳吧，跳出去说不定能飞起来，看你能跳多高飞多远。随后传来附和的笑声。

农妇的眼泪刷地涌了出来。

后来，消息迅速以不同的版本传递，最为经典的就是在镇政府七层办公大楼上，农妇因为一场未了的官司找唐镇长投诉，暴躁的农妇说不解决就跳楼。就在唐镇长沉吟片刻之际，农妇推开众人忽然登上窗口。

两个月之前的一个夜晚，就是在这个窗口，一个小偷锯开了铁栅栏摸进来，撬开前任镇长所有的抽屉，在里面找到了巨额的现金。不久，小偷被警察抓住现行，前镇长因为部分财产来源不明锒铛入狱。

新镇长唐镇长走马上任那日，办公室主任建议把办公楼的窗子全部安装铁栅栏。被唐镇长阻止住了。办公室主任说，亡羊补牢尤未迟也，不能重蹈覆辙啊。意识到有影射之嫌连忙住口。唐镇长道，我没有可以盗窃的钱财，梁上君子尽可以光顾，好给我带出清廉的名声，立刻找人把栅栏拆除掉。唐镇长下了一个通知，镇机关人员每周末清扫卫生，尤其要把办公楼窗子擦亮，让百姓看清里面的情景。唐镇长说，我要用窗口透亮百姓的心扉。

唐镇长的这句话传出很远，传到了偏远的山沟沟里，百姓怀里揣着这句话，捂得热热的暖暖的来找父母官。唐镇长为镇子里修公路，为贫困户盖了房子，为贫困大学生捐了款……一个窗口成就了唐镇长的公仆形象。

但是谁会想到成也萧何败也萧何。

都住口！唐镇长厉声止住了周围的哄闹，脸上的棱角愈加分明，他把手毅然伸向窗台上的农妇，道，请拉着我的手，我以一名共产党员的荣誉担保，妥善解决你的问题，否则我和你一起跳下去！

这时，秘书小何伏在唐镇长耳朵边，很小的声音告诉镇长一个信息。唐镇长还没有听完就喝住了小何，大声道，我知道，请你们严肃面对眼前的事件，百姓的事不是儿戏玩闹！秘书的脸蒙上了一块红布，讪讪地退站在镇长身边。周围的喧闹静止下来，办公室里顿时肃穆起来。随即有人开始加入到劝导的队伍，向农妇伸出了双手，请相信组织，不要做傻事，问题会解决的。

不知谁把事件过程断章取义贴到了网上，镇政府大楼的图片高耸在网络一角。网络的留言投掷着巨大的砖头，都在痛骂渎职不作为的镇长，一定要当地上一级政府给个说法。

考核镇领导班子的调查组来了。调查组组长走下面包车，抬头望着七层楼的镇政府，长长叹了一口气。这座大楼是前任镇长的杰作，贪污了几十万的工程款，其结果可想而知。现在再次来调查继任的镇主要领导，心里如同打翻了五味瓶子。

农妇跳楼事件虽然没有造成后果，并且得到了妥善解决，但是毕竟在社会上造成了一定的影响。

调查组驻扎了两天，明天要回市里汇报了。调查组组长对唐镇长说，这几天都在会客室谈话调查，我想到你的办公室去看看。唐镇长说欢迎啊！

唐镇长推开一间办公室的房门，道，这就是我的办公室。调查组长惊讶道，你的办公室在一楼啊?！唐镇长道，是啊，前镇长说一楼接地气，我上任嫌麻烦就没有搬动。调查组长来到窗口看，说，外面是一片草坪啊，窗台到地面不足一米，农妇就是准备从这里跳下去吗？唐镇长道，是的！当时农妇坚持要跳下去，我和同事近前去拉农妇的手。农妇这时向窗外瞥了一眼，随后脸色成了窗户纸，随之用双手蒙住了眼睛哭起来。这个时候我握住她的手，把她从窗台上小心搀扶下来。

调查组长说，我明白了，你怎么不早说在一楼办公呢？唐镇长说，你们从来没有问过我啊！而且无论是在几楼也不能让百姓跳啊！一层和一百层有什么区别呢！

调查组组长眼里居然含了泪水，用力点点头。

某日，一个记者听到关于唐镇长办公室铁栅栏的事来采访，看见镇政府的窗口大部分安装了铁栅栏，非常失望要找镇长探寻究竟。唐镇长在农村调研不接见，但是回话说，他觉得还是干点实事好，没有必要搞噱头给自己找麻烦。

有个女孩名叫小碗

○海　飞

　　她叫小碗。她不知道自己为什么成了小碗，总之是，大家一直都叫她小碗。

　　小碗是化妆师，是殡仪馆里的化妆师。她不知道怎么会选择这样一个职业，总之是，她高中毕业后就成了殡仪馆的化妆师。

　　小碗没有爱情。她有过一个男朋友，她爱得很深，她在夜深人静的时候一直想，我爱他有多深。后来她终于想清楚了，原来她爱得可以把心掏出来给男朋友看。男朋友后来抛弃了她，因为她是给死人化妆的化妆师。

　　三年后，小碗替男友化妆。男友和他的女朋友都死了，他们骑着摩托在路上狂奔，他们把摩托的速度开得像飞机一样快。然后，一切都静止了，像一张飘落下来的叶片一样，他们无声地飞起并且坠地。小碗替男友化妆的时候，一滴眼泪也没有掉。她在微笑，她说，天国的路，你要好好走了，不要开摩托。你要对你女朋友好一点儿，你要一直牵着她的手，一直牵到天国。

　　小碗后来领养了一个小女孩，因为小碗想，我不太可能有婚姻了。小女孩叫扣子，扣子上了小学，扣子不愿意对同学们说妈妈的职业。扣子说，我妈妈是搞美容的。小碗不怪她，小碗想，扣子小小的心灵里，也是要面子的。

　　小碗不结婚的想法还是动摇了。一个军官和她谈恋爱。媒人说，你不要把你的职业说出来，先谈起来再说。小碗就骗军官，说自己是美容师。他们把恋爱谈得很平淡，但是他们爱得很认真。特别是军官，和扣子打成了一片。很多时候，他带着扣子玩，辅导作业，讲道理给扣子听。扣子喜欢和他在一起，扣子开始换了称呼。扣子叫，爸。扣子欢快地叫，爸爸爸。

小碗大喜。小碗大喜的日子里，和军官一起出现在婚宴上。大家都来祝福，都说，喝喝喝。小碗也喝，也接受着别人的祝福。小碗喝得多了，就落泪。小碗想，我的小得可怜的幸福，迟到了那么多年。

客人走了，小碗和军官就坐在新房里，相对无言。军官抓过小碗的手，把手贴在了自己的脸上。军官说，小碗，扣子写了一篇作文，你要看看吗？

小碗就点头。军官把作文本子递过去。小碗打开了，题目是：《我的爸爸妈妈》。扣子在作文中说，我的爸爸是军官，但是他告诉我，他要转业到殡仪馆去当馆长了。我的妈妈是化妆师，他们都在殡仪馆里工作。春天了，桃花李花开得灿烂，我发现我的妈妈，也像花朵一样美丽。爸爸说，妈妈就是这个世界上，最美的女人。我妈妈的名字，叫小碗。

小碗看着作文，看着看着，她的眼泪就落了下来，落在作文本上。军官很淡地笑了一下，又抓起小碗的手，放在自己的脸上。小碗说，你怎么一直瞒着？军官说，你不也是瞒着吗？小碗说，以后不用瞒了。军官说，对，以后在单位我领导你，在家里你领导我。小碗又要哭了。小碗想，幸福真的像一粒子弹，啪的一声，钻进了她的心房。

线团连接白鸽

○高海涛

巴屯走后，小山就再也没派过新兵来，只剩下连接与线团两个人了，当然是连接领导线团。只是两个人的小山越发孤寂了。

刚上山时，线团对小山很是新奇，没了事就眺望大海，还把自己带来的树种埋在小山上。虽然，连接是领导，但线团总是看不起他，于是他们很少有话说。

巴屯对连接触动很大，他经常望着山后的落海地皱眉，他觉得自己没有一个老兵威望了。于是有什么事只是自己默默地去做。

在这个光秃秃的小山上，线团眺望大海，连接沉思土地。

有时连接想跟线团说几句知心话，可一遇上线团那锐利的目光就没了词。

固然大海有无限形状的浪花，可时间一长，线团也觉出了单调乏味。线团也想找同类聊聊天，可心里总觉着别扭。

连接去市里开会的那天已是春天了。线团望着连接的小黑点渐渐消失在落海地以后，心里觉得轻松了许多。一个人待在小山上更好。他望望大海，大海又恢复了活力；看看山坡，他惊奇地叫出了声，他埋的树种都生出了绿绿的嫩叶。

连接开会回来后，线团又被一片阴影罩住了。

线团仍然眺望大海。

连接依旧沉思土地。

当小树钻出第二枚绿叶时，一只白鸽在海面上绕了一圈儿后，落在了线团身边。线团一伸手，白鸽跳到了线团的手上。线团发现白鸽右腿上有一圈亮亮的金属片，上面印有"市信鸽协会"标记。无疑白鸽是一只健美的信鸽。

线团没抱什么希望地写了一张字条：小山是世界上最美丽的地方！然后，把它折好套在金属圈内。

当线团把白鸽的事全部忘记的一周后，白鸽突然出现在了线团的面前。他打开金属圈里的一封信：我是青岛一哨所的唯一一兵，虽然这里山青水秀，但我却不认为这里是最美的地方。

收到信后，线团不但没有激动，相反却心如止水。他又写了一张字条，把小山的实际情况描述了一遍，而后写道，小山上虽然没有一棵树，但我亲手种的那些小树已长出了第十个绿叶了。

信鸽飞来飞去，转眼就是秋天，线团的小树都有半人高了，郁郁葱葱了整个小山。线团似乎忘记了连接，他们只有工作时在一起，其他时间互不相扰，一个眺望大海，一个沉思土地。

一天，线团又发出了一封信，这时他们的书信已到了实质性的人生探讨内容了。不知为什么，线团转到了后山，他发现连接的手中正抓着那只信鸽。

"放开它！"线团大喊。

连接有些慌乱，看到线团着急的样子后才平静了下来，说："我抓的，想杀了吃肉的。"

一股无名之火直冲线团的脑袋，他几步上去，扭着连接的胳膊，强行把白鸽放了。白鸽在连接的头上转了两圈不解地飞走了。

转眼又是一个冬天，连接该复员了。

别管怎么样，连接和线团也相处了两年，虽然他们很少说话，可各项工作还是先进的。线团和新兵送连接时，天一直阴着，线团的心情就像小山上那一人来高的树，枝枝杈杈的。这时，线团发现那只白鸽在小山上一圈圈地徘徊不愿离去。他的金属环里夹着的是线团刚刚写进去的一张字条：新兵来了，老兵就要走了，我的心终于可得到舒展了！

线团把连接送到了汽车上时，白鸽又开始围着汽车徘徊。透过车窗，线团看到连接的眼泪被白鸽牵了出来。

回来后，线团围着小山跑了起来，他似乎听到小树林在冬天里成长的声音。突然，山后出现了一个鸽舍，舍里有他写给远方的所有字条。上面有一个连接的留言：线团，我们的心灵是沟通的，误解最能驱逐孤寂！一行行热泪模糊了线团的双眼，他似乎看到了落海地中连接那高大的身影。

黑宝石

○陈　敏

　　早晨，珠宝店刚刚开门，一辆豪华的黑色小轿车便在店门口停了下来，车里走出了一个穿着考究的高个儿男子。

　　那男子大约四十出头，面庞白皙，齐耳的短发梳得光亮整齐，手里提了个蛇纹皮包，看上去像是一个做大生意的老板。

　　男子径直进了珠宝店，用低沉的嗓音向店主说明他想为他妻子的生日买一件上乘首饰，质量上一定要保证。

　　店主指着琳琅满目的首饰柜说："先生，请放心，我们这是珠宝老店，信誉绝对保障，请问您想选择什么质量的？金的？玉的？还是钻石的？"

　　男子一时没做回答，他似乎游移不定，挑选了很长时间也没相中合适的东西。于是，店主从里间拿出一颗黑色的宝石说："先生请看看这颗黑宝石吧，这可不是普通的宝石，它来自巴西，是一颗纯天然的稀世之物，我敢保证这可是我一生所见到的最精美、最独一无二的宝石了。您的妻子一定很漂亮吧，佩戴上这颗宝石她肯定会更加庄严华贵。这样吧，您是今天来我店里的第一个顾客，我给您打八五折，5000元卖给您怎样？"

　　男子没说多余话，他立刻利索地从包里数了5000元现金递给了店主，拿着那颗黑宝石探身钻进小轿车走了。

　　男子走后，店主的眼睛就笑成了一条线，宽大的牙齿中挤出了一句话："哈，好一个阔主，这钱来得真爽快！"

几天后的一天早上，那个买珠宝的男子又来到了首饰店。他对店主说他的妻子太喜欢那颗宝石了，同样的东西他还想再买一颗，形状和质量都必须完全一样，因为他妻子想用它做一对耳环。

店主面带难色地说："您买的那颗是一颗天然宝石，重量为 120 克拉。恕我直言，事实上，人造宝石要找到两颗完全相同的倒是非常容易，可天然的就不行，我卖给您的那颗是纯天然的，当然就找不到完全一样的了。"

男子就坚持让店主在他的店门口做个广告，说他愿意以 25000 元的高价购买同样大小、同样质量的黑宝石。男子还说他是外地人，要在这个城里住些日子，富都酒店 308 号有他的长期包间，要是找到了就给他的手机打个电话。男子塞给店主一枚硬硬的包金名片。

男子走后，店主就按男子的吩咐在店门口立了块广告牌，上书：本店愿意以高价收购重量为 120 克拉的纯黑色的天然宝石。

广告登后不几天，就有一些人前来面议，但没有一个人的宝石能和那颗黑宝石相配。几天过去了，合适的东西还不见踪影，店主就有些失望，正当他准备放弃的时候，一天下午，一个仪态雍容的贵妇人来到了他的店里。妇人用胖胖的小手从钱包里掏出了一颗非常精美的黑宝石，宝石流光溢彩，在太阳的余晖里像黑色的火焰幽幽闪亮。令他惊奇的是，那颗宝石竟然正和店主要搜寻的一模一样。看见它，就像是看见了墙上供奉的财神爷慈祥而充满诱惑的眼睛。店主一下提足了精神："怎么样，你要出售宝石？"

贵妇人凑近店主神秘地说："是呀，这颗宝石是我的男朋友送的。它是他祖母传下来的，据说是姊妹石，有两颗，一颗已经遗失，所以这颗就显得十分珍贵了。不瞒你说，其实我已有了丈夫，明天我就要回到丈夫身边了，你知道，带这个东西不方便，藏起来吧也不安全，所以我决定还是把它以合适的价格处理掉。你看看吧，一口价，2 万元，怎么样？"仔细想了想之后，店主二话没说，他生怕拿到手的生意会跑掉，立即就付给了那妇人两万元。

　　店主急不可耐地依着名片给那男子打电话。电话是空号。他又急忙赶往富都酒店 308 号房间，可酒店服务小姐告诉他说 308 号房间是洗手间，从来不曾给人住过。

百龟图

○曹德权

围攻太岳部队的日军左路军司令官，是联队长铃木。

铃木是个中国通，战前在中国办商务。这家伙对中国字画特别感兴趣，尤其对唐宋时期的宫廷画，更是惊叹不止，爱不释手。

铃木在战时出任军职后，率部每到一地，杀人放火之余，也没忘了掠夺中国历代名家字画。

这天，铃木命侍卫兵换上汉装，自己也穿上一套商人礼服，直奔驻地附近的大山而去。

这是为何？原来他在几天前得知，那大山里有座寺庙，寺中住持长老精于书画，最善画龟，费时五年，作一百龟图，悉心收藏，除庙内一二高徒外，外人无此眼福。

铃木探得这一消息，梦想夺取百龟图，但他在中国办商多年，深知中国人的气性，要想如愿绝非易事，于是化装成商人前往，意在"文"夺，不行再来个"武"抢。

铃木和侍卫到达寺庙，但见寺内冷冷清清，除几个挑水扫院的和尚外，少有香客。他夺画心切，无心旁顾，便操了一口流利的中国话，招呼一个小和尚，在他的带领下直奔长老室。

铃木深通中国佛教礼数，见了住持，极尽礼节。住持已近百岁高龄，竟能端坐如钟，纹丝不动。只见他双目紧闭，开言道："阿弥陀佛，施主光临寒寺，有何见教？"

铃木躬身向前："久闻大师画技精绝，无与伦比，今日我若有此眼福，当奉献家存薄资以资庙事——唯以能见一眼百龟图为一生至诚愿望！"

"阿弥陀佛！施主言重了。"

住持睁开双眼，起身进入内室，好一会儿工夫，端出一巨幅画卷，叫铃木接住下摆画轴，缓缓展开，铃木放眼看过，顿时张大了嘴，呆了，天皇啊，东方的一隅小寺，竟有一潭工笔龟！东方艺术，神笔，真乃神笔啊！

"这幅百龟图，费时五载，画幅上尚缺七只，今天就补齐罢！"住持握笔在手，闭目昂首，忽一睁眼，挥手在画幅上尽情染点，七只写意龟顷刻爬在纸上！

铃木移目数过，画幅上刚好一百只龟！

住持放下笔，重新落座，只轻轻言道："佛家多事之秋，拙笔难得'知音'，施主有意，拿去补壁罢！"

铃木欣喜若狂了，他想都没想到，堪称艺术瑰宝的百龟图，竟这般轻易就到手了。他止不住浑身颤抖，拜谢长老而去。

铃木回到办公室，换上军服，叫侍卫将巨幅画卷挂上，痴痴地欣赏起来。正看得如痴如醉，参谋长捏了电文进来报告："右路军野岛联队长在清木川陷入重围，来电请求增援！"

铃木正要下令增援，忽地张大嘴看着百龟图，眼珠定了，惊恐万状，突然狂嚎："八格！立刻派人将山上的和尚统统抓来！"嚎完长叹，悲呼一声"天皇啊"，嘴角涌出鲜血。

参谋长被眼前的事变惊呆了，传令一个小队上山抓和尚，上前扶了铃木，只惊奇地看着百龟图，左看右看却看不出个名堂。

铃木增援野岛联队的命令迟下了十分钟，在野岛联队全军被歼的时候，也注定了他上军事法庭的命运。

去抓和尚的鬼子小队没有抓到人，和尚们全跑了，住持长老引火自焚。

铃木将百龟图扯下来扔在地上，哗地抽出指挥刀，发狂地捅着画上的龟，顷刻，画幅百孔千疮……

多少年过去了，当地有一百岁老者，临终前一天道出了一个秘密：寺里长老，曾送鬼子一百龟图，补上的七只龟，在画幅上组成天煞凶绝星相图，此星相之说源于日本……

角　色

○胡　炎

　　这一带的景色在全国出了名，尤其到了我们村，满地乱跑的猴子会让你喜不自禁。我就是这"猴乡"里的一个摄影师，靠着照相机发了笔小小的猴财。

　　这天，来了拨西装革履的人，一看就很有脸面。他们要在我这儿集体留个影。

　　我给他们每人准备了一把椅子，当然少不了每人一只猴子，姿势由他们选。"西装"们先是让猴子站在肩上，但很快否定了；然后又有人把猴子抱在怀里，也遭到一致反对……不过时间不长，他们就达成了共识。

　　我按下快门，照片从相机下端吐了出来。"西装"们拿过照片欣赏，他们看到几个很有脸面的人，端坐在椅子上，前面匍匐着一排战战兢兢的猴子……

　　"西装"们很满意，昂首阔步走了。

　　不多久，又来了一拨人，抽着劣质纸烟，挽着皱巴巴的裤腿，一看就是群外地民工。

　　他们围着猴子转了半天，终于决定"集资"留一张影。

　　同样，我给他们每人一把椅子和一只猴子，姿势由他们定。他们和"西装"们差不多，或让猴子站在肩上，或把猴子抱在怀里，但都觉得别扭……终于，他们找到了最完美的姿势。

我把照片递给他们，他们争抢着，笑得前仰后合——照片上，几只猴子神气地端坐在椅子上，前面，蹲着一排怯生生的民工……

老远，我还听到他们开心的笑声。

贪酒的贼

○魏永贵

　　贼从阳台爬进二楼 A 室，很快就为自己的选择失望了，因为这屋子空荡荡没有什么值钱的东西。虽然后来贼仍然抱着一线希望翻箱倒柜，最后还是没有发现细软和现钞的踪迹。

　　贼找得有些累了，倒在沙发上，这时候就看见了柜台上的酒。酒瓶的商标上醒目地写着"XO"。贼眼睛一亮。贼以前没喝过这种酒，但见过，在电视上。电视里的时髦男女上床前一般要喝半杯这种东西。

　　贼起身顺手就把酒瓶盖儿打开了。贼没有用酒杯。贼平时喝酒都是用嘴对着瓶嘴的。贼咕噜噜大喝了几口，咂咂嘴，没品出什么味道。贼想洋人的东西只适合洋人的胃口。贼就没再喝下去，把剩下的酒放回原处，没忘记盖盖子。贼想主人回家一定会发现酒少了，没准儿还要骂几句。

　　贼不想在这个屋子里耽误更多的时间。贼还要去下一个目标。离开屋子贼不想再走阳台，而是大大方方走正门。贼有贼道。贼从来不走原路。

　　贼于是去拉防盗门，突然发现门后贴着一张纸。贼本来不打算去看，但问题是纸上醒目的标题吸引了他：

　　"忠告不请自来的陌生朋友。"

　　贼一下看懂了。贼知道这个是给自己这一类人看的。贼就真的看下去了。

　　"陌生的朋友，真不好意思，让你乘兴而来，扫兴而归。家里穷得啥也没有，就剩半瓶酒。但愿你没碰过那东西。如果你碰了——特别是你喝了那酒，事情可就严重了。我在那酒里兑了一种东西，两天之内，饮者就会七窍出血而死。"

贼看到这里，浑身一震。贼忍不住继续看下去。

"你也许以为这是假话，那么十分钟你就会有点感觉，一个小时就会疼痛加剧，十个小时浑身抽搐，二十个小时……你可以试一试。"

贼看到这里，头上的虚汗下来了，抓门把手的手颤抖起来。贼忽然感到肚子有一种隐隐的绞痛。贼咬着牙往下看。

"我想你已经有感觉了。如果想求一生，请拨电话：5682995。'995'就是'救救我'的意思。如果你认为我犯了投毒罪，可以去法院告我，但问题是，你根本没有时间去打官司。"

贼感到肚子里的疼痛更加剧烈。贼有些绝望。贼不想死。

贼捂着肚子摇摇晃晃走到电视柜旁抓起电话拨通了5682995。

对方说哪一位。贼说是我。对方说"我"是谁呀？贼说我是是——贼突然想起门后的纸条。贼就说我是那个"陌生的朋友"。对方说哦，明白了！你需要帮助吗？贼有气无力地说，非常需要，越快越好。对方说不要紧，时间还来得及。对方问你在哪儿？贼说在你家里。

几分钟后，贼看见防盗门开了，进来三个人。三个警察。贼一愣，龇牙咧嘴乖乖把手递给了拿手铐的警察。贼想到了有可能来的是警察，但总比死在这儿好。

贼说你们快救救我。

一个警察说你死不了，酒里面只是多放了两包泻药。

贼说你们用这种方法抓我不高明。

另一个警察说效果还行，你是第六个了。

第三个警察说又得往酒瓶里放点儿东西了，不然下一个贼没多少喝的了。

布　控

○陈力娇

公路一直向前延伸，他坐在绑匪的身边，绑匪和他一个年龄，也是十八九岁，但是绑匪有枪。面对有枪的人，他束手无策，只有乖乖就范。

刚才从学校的后门出来，同学吕顽还拽了他一下，若是平时他会和吕顽微笑，但那会儿他没理吕顽，他心里想着事，想着这么多天他一直不间断地接到的纸条。

第一次接到纸条是在他的笔袋，笔袋里有他的钢笔，再就是一张蓝色的纸条，纸条上写着，你早晚是我们的人，这不可抗拒。

这不太像女同学的求爱信，从笔迹的刚劲上看，他辨别出是男人的字迹，可是他想象不出会是什么人。这让他心里发慌。

第二次看到同样的纸条是他去洗手间，洗手间在教学楼的两侧，他选择了靠东侧的那间。他刚蹲下身，就看见那个纸条从门缝上方飘下来。起初他以为是一只蓝蝴蝶，等落地一看是和他笔袋里一样颜色的纸条。他拾起打开一看，顿时不寒而栗，他看到了同样的字迹：你是我们的人，这不可抗拒。

他无法想象这"我们"指的是谁。

再一次就是碰见吕顽之前，他去老师办公室交英语作业。老师总是对他的英语成绩不满意，而他又品学兼优，老师就常常给他吃小灶，零星的作业题他每周都要比别的同学多做几份。

给老师送卷子回来，他在楼梯上又看到了那只蓝蝴蝶，它已被人踩上了脚印，卷曲着伏在那里。他本不想捡，但他太熟悉它了，他前后左右看看，没人注意他，就不由自主弯下了身。

这次他没见到上次的内容，而是看到众多蝴蝶组成的六个字。六点，桥头，务必。从这六个字中他看到了命令，他知道他躲不过，又一次在恐惧中迷茫战栗。

接下来他穿戴整齐走出教室，恰巧这时碰见了去吃晚饭的吕顽。但他没有理会吕顽。如果理会或是和吕顽说说，吕顽就会为他想出办法。吕顽绝顶聪明，不会被这种事吓倒。吕顽的父亲又是公安，吕顽肯定主张向公安父亲禀报。可是他当时精力太集中了，他只想如何尽快摆脱这件事，这件事太影响他的学习了。

晚上六点钟，桥上没有人，只有江风猎猎。他在桥头的灯光下站了一会儿，没有看见要找他的人，便掏出手机，想给吕顽发个短信，告诉吕顽晚自习为他请个假。就在这时，一辆车从远处开过来，在他身边停下，开车的人叫他的名字，并让他坐到车上来。

他看到这个人和他一个年龄，口里还嚼着口香糖，并对着他笑。这让他丧失了许多警惕，他甚至也向他回以微笑。他的心里甚至在说，操，是你呀，吓死我了，我当是什么人呢。就一脚迈上了车。

其实他并不认识这个年龄和他相仿的人。

上车后的情形就变了，口香糖被这个人呸的一口吐出窗外，之后他反锁了车门，再之后他掏出手枪，上了膛。

一切都是在几秒钟内完成，原来这个人是那么训练有素，超出了他实际的年龄。

坐在绑匪身边的他，这才觉出大难临头，自己的草率注定了自己一生的错误。

他预感自己不是对手，就一言不发想对策。但是没容他想明白，车子

44

已开出一百米。一百米后它又停了下来，紧接着一个人上了车，坐在他的后面。这个人上车后没说话，而是重重地拍了一下他的肩膀。他回头看去，见他戴着一只黝黑黝黑的墨镜。

黑天戴墨镜，他明白这不是普通的墨镜，这样的墨镜不管怎样漆黑的夜，看世界都如同白昼。

墨镜下是一张棱角分明的脸，十分地严肃，他忽而明白那蓝蝴蝶的字迹，一定出自这个人之手。

他们谁也没说话，那个和他年龄相仿的人也没说话。

是戴墨镜的人首先开了口，他的声音低沉而强硬，他说，拿出你的手机，给你最好的同学发个短信，告诉他，你死了，让他通知该通知的人。

他迟疑着，不太想发，也不想这么发。一个硬邦邦的东西顶住了他的后脑，他哆嗦了一下，掏出了手机。

他选择了吕顽，顿时有眼泪冲出眼眶。

车子开出去没多久，就来到郊外的古江前。古江有千年的历史，一直养育着这个城市的人，这是个冬天也不封冻的江，四周一片漆黑。

他们三人一同下了车。还是戴墨镜的人开口说话。他很干脆，说，就两条路，一是跟我们干，和你的亲人包括熟人永远断绝干系；二是从这条江游过去，对面就是你的家，看见那片灯火了吧，那灯火中有你的娘。

他不会水，会水也不可能在大冬天从这条江游过去，那要横跨一公里，一公里寒冷刺骨的江水，会轻松吞噬人的生命，这谁都知道。

他思考着，他们等待着。

一分两分三分钟，他们心里有把握，没人会这么做，没人愿意马上去死。

可是三分钟后，他们还是看到了不愿看到的场面，他向江水中绝然走去……

咖　啡

○东　瑞

　　当我看到咖啡满溢出来，那奶棕色的液体有几滴流淌、粘贴在杯口处时，总想到那中年人的眼神，凄然无助又坚毅不渝。每次他跟她约会，要的总是咖啡，最多也只多要两份蛋挞。然后我看到他和她细心地谈话，深情地对望……最后，怀着满足的笑容离去。如果没有记错，1974 年开始吧，这老式的咖啡馆就是他们常来的地方。那时，这儿人客寥寂，只在跑马结束时，赌客纷纷入来吃碗粉面什么的，很快陆续离去。可他和她，犹在那个角落……由于熟络了，而且这个地方每每使他们获得愉快，又不妨碍生意，我从不恶言相向；相反，我作为伙计，还感激他们的光顾，哪怕只是两杯咖啡，却是好过记账簿上一片空白。

　　"咖啡两杯。"有时，他和她同时来到，坐在那个位置之后，我就向水吧那么大喊。有时，他先来而她后到，我也是"咖啡两杯""咖啡两杯"地怪叫。慢慢地，当看到他或她推开门、还没走到角落坐下时，我也已"咖啡两杯"地唱起来。我将这四个字拉长，有时还编成高低有致的歌，惹来咖啡客愉快的笑声，也令他跟她脸上展现会心的笑容。

　　男子大约大那女子十岁，不像是兄妹，亲昵的情态只在说明他们是一双恋人。女的无异很美，脸色苍白中有股秀气。令我疑惑的是男子不知是什么职业，总有大半天在此陪着女子，难道他们不需要做事的么？风雨无阻，像是成了他们重要会面地点一般，除了我休息日我不知道他们来不来之外，只要我上班，他们总在那个角落。1984 年，我看到墙上的日历，一时有无限感触，端上两杯咖啡，叹了一声："为你们端咖啡，整整有十年了。咖啡从 1 元 8 角涨到了 3 元！"他俩只是笑笑。由于他俩性情内向，我也不好多问他俩一些什么。

可不知从哪天起，中年男子再没笑容了。他依然要两杯咖啡，我很少再见到那女子。我总是认为，她迟到了，或者，我留意他们之时，她进了洗手间吧。我想反正他总是要两杯，她总是会来，已来，只是我看不到吧？咖啡室经一番装修之后，顾客比以前多，我也比从前忙碌了。1985 年圣诞节那晚，我仍高叫"咖啡两杯——"端到那座位，首次发现他俩没来。座位空着，一杯鲜红色的咖啡，有几滴血迹溅到杯外壁。我的心几乎停止了跳动。伙计阿三走来告诉我："那男子一个人在此整整坐了一年。昨晚在此割脉自杀了。一年前，他的女友因患白血病死去了。"更后来，我读到一本小说，知道了那女子富于幻想力，男子将听来的故事写成小说；女子死去，他的生命力也终结了。当然，其中还有一份至死不渝的深爱。

数字时代

○金　波

真安静啊！尽管同事们近在咫尺，却听不到彼此的说话声。大家坐在隔断隔开的办公桌前，面对着五彩缤纷的电脑，聚精会神地"挖掘"宝藏……

九点钟，T07准时到达公司，按了一下电子报到器，便走进自己的工作间。电脑终端已经启动，T07看见了办公室主任发来的工作指令，交给他的任务就是搜集上个世纪世界各地的特定情报，并进行分析、归纳，交出内容提要。T07输入相关文字和数据，点击搜索，浩如烟海的信息资源便滚滚而来，令人目不暇接。再输入更详细的文字和数据，那么他需要的情报便自动分类，内容也更加翔实。同时，他还用几十种世界文字进行搜索，又找到了各国的原始资料。瞧，刚到休息时间，他就完成了初步工作，只待进一步整理成文了。

吃着中午按时送来的工作快餐，T07禁不住感慨起来。数字时代真是妙不可言哪。世界都数字化了，工作数字化了，就连生活也数字化了，数字把世界每一个角落都连在一起。数字还代替了人的双腿、双手，甚至大脑，人们不挪窝儿，就能去他想去的地方，看到他想看的东西，得到他想得到的一切。一切都由电脑完成，人所要做的，就是做做电脑的帮手而已。这还不神奇吗？比如说，他今天干的这项工作，据老一辈人讲，在接受任务之后，首先就是去泡图书馆，从堆积如山的书籍里翻阅资料，把重要的内容复印下来，再整理出成品。自己半天的工作量，他们也许要耗费数周、一个月的时间。烦不烦哪！

　　饭毕，T07 放弃休息，打算去非洲旅游，再看一眼埃及的金字塔和人面狮身像。便戴上头盔，通过数据手套操作，进入电脑里的"人工现实"。这虽然是一个虚拟场景，但却是真实世界的复制品，人可以在这个三维空间里走动、飞行、回顾，更重要的是，你所看到的一切会随着视点的变化即时改变，现场的动感性极强。T07 身临其境般慢慢欣赏这个数千年前古代埃及人留下的世界奇迹，再一次为它们的庞大和未解之谜而感叹。

　　正在这时，T07 的上网手机响起了震动声。打开一看，是母亲发来的信号："儿子，妈想去你那里。"

　　T07 赶紧回复："妈妈，咱们昨天晚上不是已经见过面了吗？"

　　"孩子，妈已经老了，想见一见真实的你，亲手抚摸一下我几十年未曾碰过的儿子，亲耳听一听几十年未曾听过的儿子的声音。我知道你很忙，但我已经出发了，马上就可以到你的家。"

　　T07 回答说："好吧。"他摇摇头，感到母亲真是多此一举。

　　其实，T07 并不是一个不孝之子。每个周末，他都会和母亲见一面，聊一会儿，向母亲问候几天来的身体和心情状况。当然不是用电话问候——这个信息时代初期的宠物已经过时了，而是在另一个"人工现实"里聚会。这个"人工现实"多半是母亲的家，那里的每一个房间，每一个角落，都可以自由走动；还有母亲的模拟像——这个模拟像每周都可以更新一次，以便看到更接近真实的母亲；当然在母亲的电脑终端里，自己的模拟像也是每周更新的。他走近母亲，和母亲聊天儿，他们彼此的标准声音通过电脑的语言识别装置转化为数据，传输给对方的电脑，然后再转化成普通话。有时，他还带着母亲走进酒吧去喝饮料，去高尔夫球场打球，或去爬山，这些地方都是依据真实的场景模拟下来的。尽管二十多年未见面了，他却可以随时陪在母亲身边。可母亲还是不满足，居然想亲手抚摸一下真实的儿子！母亲啊母亲，你真是老了！

T07 随即向家庭服务器发出指令，让数字空调将室温调节到适宜的温度，让电灯照亮整个房间，数字音响响起柔和的音乐声，数字微波炉开始热饮料；还向电子门锁输入识别密码，一旦母亲光临，门马上自动开启；同时启动安全监控装置，数码摄像机也同时运作，以备发生意外。

做完了这一切，T07 通过网络向上司打了个请假报告。在得到绿色信号后，他匆匆赶回了家。他见到了白发苍苍的老母亲。这是一个跟显示屏里见到的相差无几的老太太，只是比电脑里更真实一些。母亲也正注视着他，脸上的皱纹突然动起来，眼眶里闪动着晶莹的泪光，轻呼一声："儿子！"伸手拥抱过来。

可是，T07 喊了一声"妈妈"，再也说不出什么了。他的眼眶发胀，却流不出一滴泪水；喉咙哽咽，却发不出一句声音。许久，他才哭出声来：

"哇——！哇——！"

母亲吓了一跳。母亲松开手，端详着他，问："儿子，这是你刚出生时的哭声，你怎么啦？"

T07 面无表情。许久，他一把将母亲拉到电脑跟前，在那上面输入一行文字：妈妈，我很高兴，也很难过！可我表达不出来，我不会哭了，也不会笑了。

特殊顾客

○高　军

　　老张的中年人母爱慰藉室开张不久，就来了一位特殊的顾客。老张知道，他是县里一个管干部提拔部门的头头，几年来，一直炙手可热，民间也有他的一些传说，双规什么的快临到了，等等。

　　老张是一个很有头脑的人物，他通过考察，觉得中年以上的人更渴望母爱的慰藉，就找人录制了各种各样的母亲寄语，专门为中年人开展母爱慰藉业务，结果收到良好的效益，于是就开展了这个业务。

　　这人是步行来的，临进门还回过头去四下里看了一圈，好像怕被人跟踪什么的。老张心里感到有点好笑，心说这些当官的，活得真累。老张抓紧迎上去。来人先看了一下店里没人，才好似放松了。他不容老张开口，就昂首挺胸，发布命令："抓紧，给我安排个单间。"

　　"好的，好的。"老张知道他的心理，来了还怕被人看见，担心有什么影响，就赶紧引导他到了一个包间。

　　来人抬头看一下，只见包间里摆设着按比例微缩成的各种家庭用品，只有座位和音响设备是真实的原样物品，倒是墙壁上张挂的各种表现母亲爱孩子题材的图画先使他的心动了一下，他满意地点点头："好，很好。"

　　老张抓紧递上已经印制成册的"母爱台词"："请您选择，选中的告诉我就可以了。"

　　他对着灯光认真地看起来，最后指指："就这几条。"

老张有点惊奇地抬头看了他一眼，马上意识到了自己的失态，立即点头："您稍等，马上就好。"

在女服务员端进茶水的同时，老张也把音响设备调好了，母亲唠唠叨叨的声音响起来，他们赶紧退出，让来人自己静心地倾听和回味去了。

老张回到柜台上，还是不解，这个人怎么净选了一些唠叨家里贫穷的话题呢？

十几分钟后，这人走出来。老张发现，他比刚进来时显得心事更重了。只见他脸色凝重，眉头紧缩，用右手食指侧面不时地磕磕额头，眼睛也闭着。又过一会儿，才过来结了账。

十多天后，这个人又来了。由于来过一次了，他这次显得从容多了，时间上选的仍然是人最少的时候，进门后还是习惯地回了一下头，然后对老张勉强笑了笑："老地方吧。"

老张马上把他领到上次那个单间里，让服务员端上茶水和瓜子。来人自己抓过"母爱台词"手册，认真地翻阅起来，最后，他用铅笔勾划了几条，还给老张说："就这些。"

老张看到，这次他选的台词全部是教育孩子怎么正直做人的话语。老张心里一热，赶紧亲自操作，让音响开动起来。在母亲的唠叨声里，老张看到，来人慢慢坐下来，好似沉浸到了某种状态中。

那人出来后，老张抬眼一瞧，感到更不对劲了，只见他的心事好似更重了，脸色非常不好看，嘴唇使劲地抿着。结完账，就迈着沉重的脚步孤独地走了。老张眼光被他牵着，半天才转回来，叹了一口气。

不知为什么，老张无来由地竟有了心事似的，自己好好一想，竟是对那个人多了一份牵挂。

正当老张心神不安的时候，那人又走进了店里，老张好像一下子松了一口气，赶紧热情相迎："您来啦。"

这次他略显得轻松，也对老张笑笑。

老张问："老地方？"

"老地方。"他有点默契地说，"还是老地方好啊。"

这次，他从台词册上选的都是有关勇于认错、认真改正方面的内容。

老张看后，心里无来由地一下子有些轻松，小跑着为他服务起来。

那人这次在包间里待的时间最长，有半个小时以上，那几段录音5分钟就放完了，然后里面静静的，就什么动静也没有了。服务员想进去收拾房间，老张轻轻地摆摆手，制止了。老张想，不管他在里面拖延多长时间，都按原标准收费，绝不加价。

门终于拉开了，那人走出来。这次，好似换了一个人似的，只见他满脸轻松，像有什么沉重的东西被抛掉了。老张看到，他是迈着坚定的步子走出店门的。

此后不久，县城里出现了一个说法，那个管干部的头头主动找了上级，然后就成了一个平民了。

老张听说后，正在琢磨这事，那人又来了。这次是把以前听过的三段一次听下来，听完就轻松地走了。

此后，他还来，来后还是这样听。老张总是热情地搞好服务。

梅鹊图

○非花非雾

中国艺术摄影家协会的年会在香港举行。最后一天，会员们上街购物。我被中国书画展海报上画家的名字吸引，走进画展大厅。

二楼拐角不起眼处，一幅《梅鹊图》默默地向观看者展示着一种隐含的喜庆与祝福。

我觉得二十年前我是见过它的。那是春末夏初，校园里桐花落尽，一片浓荫遮蔽着粉墙碧瓦，夕阳照在教室的后墙上。

三个年轻人背着行李和画夹，在校长的陪同下，从校园穿过，走向北楼。

他们来自美院，到我们学校实习。

三个年轻人中最帅气的和最胖的都不教我们班，教我们的是最瘦的一个，他叫武小丁。

武老师给我们上第一节美术课。他要我们随意画一幅画。

我用铅笔画了一个心目中的古装仕女，那是多么稚拙的笔法和不协调的构图。武老师拿起来便笑了："你画的这个人物真像你。"我窘得红了脸。

武老师却说："你肯不肯把这幅画交给我?"

我忙受宠若惊地说："我回家再画一张好的给你。"

武老师便放下画来，笑着走开了。

一个多月后，美术老师要给我们办一个习作展，我便精心画了一幅仕女图，自己感觉好极了。

交到武老师办公室，他又笑了，对另外两位老师说："你们看，她画的多像她自己。"

我又不知所措地张大眼。最帅气的老师说："好，你就站在那里别动。"说完拿了炭笔，在画板上刷刷画了起来。

武老师站在旁边欣赏地笑着。

刚刚在这里爬上爬下热热闹闹的女同学们面面相觑一会儿，便挤在一起窃窃私语。

上课铃响了，她们一声呼叫全都跑走了，留下我走也不是，留也不是。武老师关切地说："让她去上课吧。"帅老师说："没事，一会儿就画完。"

我迟到了半节课。班主任愤怒地让我站到教室外："你旷课，叫家长来。"

罚站教室外和叫家长是最严厉的惩罚，我不敢让家长知道我"堕落"到如此地步。

我模仿家长口气写了一张纸条，晚饭后，早早到校。武老师正在弹琴，见到我惊讶地说："你怎么来了？过来，唱一首什么歌？"

我摇头说不唱，然后吞吞吐吐地说了下午的事。武老师说："这事该怪我。你是不是让我帮你向班主任说一声？"

我说："不必了，您把这个字条抄一遍，我交给班主任就行了。"

武老师想也没想便答应了。我拿着那字条交了差。

第二天上午，班主任便把我从教室叫出来："说，那字条到底是谁写的？"

我知道是同学告密，便承认那是武老师代写的。

班主任带着我来到武老师住室，一脸嘲讽："武老师不简单呀，都当家长了，有了这么大一个女儿。"武老师怔了怔，脸红了。我心里一千个愧疚，无地自容。

我哭着向校外跑去，班主任追上我："进教室吧，你该知道你上学是做什么来的。"

我觉得世界都塌了下来，一切全错了，我对不起所有的人。

三个美术老师的实习结束了。

女生们商量给老师买礼物，和老师合影，然后拿着老师回赠给她们的笔记本炫耀，而我失落落地不知如何是好。

我拿了礼物坐在楼梯口，听他们在楼上的欢笑。

帅老师从楼上下来，看到落寞的我，问："你怎么不上去?"

"我……"

帅老师进去不久，武老师从屋里出来："你过来吧。"

我便顺从地跟他走进去，把送他的礼物放在他的桌上，和一堆本子放在一起。武老师沉思了一会儿，展开宣纸，画了一幅《梅鹊图》。

武老师落了款，对同学们说："你们猜，这幅图送给谁?"

大家都争相讨要。

武老师把它递给我。在同学们羡慕的目光里，我失望极了。我希望老师送我和她们一样的笔记本。

我生气地说："我不要，我不要。"眼睛早向本子瞟了又瞟。

武老师便把桌上的笔记本写上我的名字，送给我。

上课铃响了，我走到门口，似乎听到武老师叹了一口气，回过头看他，他正忙着收拾自己的东西，也许我听错了。

一直没有再见过武老师。

今天却在远离大陆的地方看到这幅《梅鹊图》。我看了又看，不能确定是不是当年的那一幅，但是我不想再一次错失它。我回头招呼不远处的服务人员，她轻轻报了一个价钱。

我的脸变得煞白，这一幅画的价钱，让我再次错失《梅鹊图》。

我怅怅地离开了，虽然很想去看看武老师，但我不想让他想起当年的事。

茶　仙

○符浩勇

我们农场的绿茶茗香闻名遐迩。

但在我们茶厂，有整套品赏茗香的本领还要数"茶仙"老张，什么杭州狮峰龙井的甘洌清雅、福建安溪乌龙的绵久清香、云南普洱之悠远醇厚等等，他都能从茶的颜色香味娓娓道来。他常常援引佛教的修炼境界，对绿茶产地颇为推崇，诸如："看山是山，看山不是山，看山还是山。""茶道就是禅道，禅道里渗着茶道，茶道里盈满禅机。""阿拉伯人品茶有三道。第一道苦若生命，第二道甜若爱情，第三道淡似微风。"而茶本身就是禅，茶意如斯，心境如斯。每人品茶，会有一番感悟，只不过人生不同，经历不同，感悟也不同罢了。不论是渐悟还是顿悟，就看个人的造化了。

我曾问他，我们农场的茶叶如何？他连连摆手说："不行，不行，我们厂里的茶呀，又涩又浑，不能喝。"他要喝茶就喝外地的茶，喝多了名茶自然就能品得出真经。每当与他切磋茶艺时，他都自主说起他对品茶艺术颇具独到之处：如，尝茶：从干茶的色泽、老嫩、形状，观察茶叶的品质；闻香：鉴赏茶叶冲泡后散发出的清香；观汤：欣赏茶叶在冲泡时上下翻腾、舒展之过程，茶叶溶解情况及茶叶冲泡沉静后的姿态；品味：品赏茶汤的色泽和滋味。

当地人每逢外出旅游观光捎回名茶，总是爱请他一起品赏。记不清从何时起他落了个"茶仙"的雅称。

我是茶厂里推销茶叶的。这些年，我走南闯北，带回来的也是各地各式的茶叶。每当从外地带回新茶叶时，总是不忘诚邀他过来，一边品赏新茶，一边海聊茶经。

今年夏末的一天，我从海南回来，带回来两包南海白沙绿茶。那晚，我刚吃完饭，"茶仙"却不请自到。我连忙嘱咐妻子忙着张罗茶几，搬到庭院里。

我们走到桌边围席坐下，同他聊起此行的所见所闻。

不一会儿，妻子端上茶壶来了，随后烫壶、置茶、温杯、高冲、低泡、闻香，分别给"茶仙"和我斟上一杯。于是，我与他很快就转到茶经上了。

"何方特产?"他问。

"请吧，南海白沙绿茶!"

"阿弥陀佛，原来是佛门茗香呀。"他双手合十向着茶杯作了一个揖，然后伸出右手，用拇指和食指夹起瓷杯，中指托住杯底，可谓"三龙护鼎"，将茶杯递到嘴边，"嘬"的一声，茶水吮入嘴内。

只见他微闭着眼睛，两片嘴唇轻抿着，似乎用舌尖打转两三次，而后巡回吞吐，斟酌茶的味道。随即打了一个响指，然后拍了一下大腿，嚷道:"好茶，好茶!"说着头发一甩，端起茶壶又自己倒上一杯。

我欣赏着他品茶的姿态，笑着也给自己续上第一杯茶。随即轻轻呷上小口，顿感苦味而上，再缓缓吞噬，顿觉舌本回甘。

我愣神地看着他说起南海白沙绿茶的妙处:这茶是陨石坑孕育出来的品牌。经考证，七十万年前，一枚巨大陨石着陆砸出大坑，是迄今我国唯一被确定的陨石坑。茶园位于陨石坑方圆十公里处的小盆地中，与原始森林毗邻，环形山脊流入丰沛的水气，经年云蒸霞蔚，空气和水都呈无污染状态。土壤含元素多种，微量元素奇特，独特的自然环境成就了茶树的香远品孤，冠绝一方。茶叶含有丰富的氨基酸、酶类、芳香物质、多酚类和生物碱等物质，具有生津止渴、提神益思、敌烟醒酒、提高人体免疫力等功效。

他凝望着杯里舒展游动的茶叶，带着几分经验式的口气说："从茶色看，此茶绿中带幽，浑中透明，乃产地气候水土极秀之至；从味道上来说，清甘润喉，沉香沁肺，非生地勿长。品味这茶，如果用山地甘泉，则更是一番禅中仙道享受……"

听他一番品评高论，我又呷上一口，觉得余味无穷，但就是领略不到他所说的齿颊留香身心舒畅的那种雅致的滋味，从内心不由暗自更加钦佩他品味茗香的本事。

我们一边喝茶，一边品味，不知不觉间，已近子夜。

夜风起了凉意，吹来谁家的孩子哭闹声，杀猪一样尖叫，间或，又飘来女人厉声的叱骂。空中不知何时挂上了一弯残月。远处，还浮动着三两声疲惫的狗吠。

他起身告辞，却一步三回头嘱我捎回名茶别忘了他，似乎留恋着绿茶的香高味长。

送走"茶仙"，我踅身从院子里将茶几搬回屋里时，却倏地发现，从海南带回来的两包南海白沙绿茶原封不动地搁在茶桌上。

糟了！我连忙唤来妻子："你泡了哪里的茶？"

妻子说："我们厂里的茶呀，两包南海白沙绿茶你不是说要孝敬厂长吗？"

天呀，我们的品茶禅道到底怎么了？

花在眼前

○刘国芳

　　老人很老了，一个人孤独地住在一幢屋子里。老人门口有一块空地，再过去，是一条路。老人天天坐在门口的空地上，一动不动。老人觉得自己行将就木了，对一切都没有兴趣。老人眼前人来人往，是个生机蓬勃的世界，但老人视而不见，老人看见的是一片荒凉。

　　一个女孩常到这儿来玩，女孩就住在附近，她还小，不敢走远，但老人这儿她还是敢来。多来几次，女孩就注意到老人了，女孩看见老人天天坐在门口，一动不动。

　　一天女孩走近老人，女孩看着老人说："爷爷，我天天看见你坐在这儿。"

　　老人点点头。

　　女孩说："爷爷为什么天天坐在这儿呀？"

　　老人说："人老了。"

　　女孩说："人老了就要天天坐这儿吗？"

　　老人又点头。

　　女孩说："为什么人老了就要天天坐这儿呢？"

　　老人被女孩难住了，老人想了好久，回答说："因为孤独。"

　　女孩说："爷爷一个人，才孤独，是吗？"

　　老人再点头。

女孩说："你跟我去玩吧，你跟我去玩，就不孤独了。"

老人摇头。

女孩说："去吧，到我家玩，我家门口有很多木槿花，很好看。"

老人还是摇头，老人说："我走不动。"

女孩很失望。

女孩再来时，手里拿着一枝木槿花。是个雨天，老人没出来，女孩撑着伞在老人门口站了很久，等老人出来，但老人一直没出来。女孩后来要走了，但她没把花带走，而是把花插下了，就插在老人门口的空地上。

老人开门看见了那枝木槿花，花正开着，老人眼里亮了许多。

老人当然知道这花是女孩插的。

女孩后来又来了，女孩手里又拿着一枝木槿花，女孩跟老人说："是我把花插在这里的。"

老人说："知道。"

女孩说："好看吗?"

老人说："好看。"

女孩听了，把手里那枝又插下了，还说："爷爷说好看，我就多插几枝，以后活了，长成一片，爷爷门口也就有木槿花了。"

老人摇头，老人说："它不会活。"

女孩说："为什么?"

老人说："有心栽花花不开。"

女孩听不懂这句话，女孩固执地说："我觉得会活。"

女孩后来真的在老人门口插了很多木槿花，老人总让女孩莫插，说不会活。女孩仍然很固执，说会活，并一次次把木槿花插在老人门口。

那些木槿花，后来真的枯萎了，但女孩没看见。女孩有一天不来了，她大概上学了或搬走了。她没有看见那些花一天一天枯去，看见了，女孩或许会很失望。

女孩没来，花又枯了，老人眼里又是一片荒凉。但让老人没有料到的是，来年春天，那些木槿花条冒出了茸茸的新芽，木槿花真像女孩说的那样，活了。

　　老人门前后来真开着一片木槿花了，花在眼前，老人眼里不再荒凉。

表　弟

○乔　迁

姑姑打电话叫我去家里吃饭。

一进门，便看到表弟垂头丧气地坐在沙发里，脸色灰突突的，我心里便咯噔一下，表弟怕是又被炒鱿鱼了吧！表弟看看我，勉强挤出一丝笑容，那笑，苦巴巴的，还不如不笑让人心里舒坦。我说："又被炒了？"表弟的笑不苦了，有些冷，脸色微红，余气未消地说道："是我炒了老板！"这回轮到我苦笑了，我深深地叹了一口气："被老板炒和炒老板有多少回了？大学毕业两年，公司换了七八个，咋就扭不弯你那根筋呢？"表弟把头扭到一边去。每次我一教育他，他就十二分委屈地默默无语，用他的沉默和不屑反抗我。我知道，在表弟眼里，我就是一个见风使舵阿谀奉承的老滑头。

姑姑从厨房里出来，看看跟我怄气的表弟，叹口气，把我拉到厨房说："看看，就这么死不开窍。你抽时间去跟他老板说说吧，我再劝劝他，让他回公司上班。"我点点头说："我去看看吧，如果真是他炒了人家老板，就不要指望了。"姑姑的目光立刻黯了下来，流淌出浓浓的恨铁不成钢的恨意。

我就去找表弟的老板。老板和我算是熟人，他公司和我就职的公司有些业务往来。我说明来意，老板就一脸歉意地笑，这种笑很友好，但也友好地拒绝了你，让你不好厚下脸皮来恳求。送我出门，老板握住我的手说："抱歉！抱歉！不是我不给老兄面子，你表弟把我的脸整个撕下来，摔在了地上啊！他可是在众人面前摔了我的酒杯呀！"不用细问，也知道表弟犯了驴脾气。我连忙对老板说了两声对不起，落荒而逃。

来到姑姑家，我质问表弟："不管怎么说，你不该在众人面前摔老板的酒杯！"表弟的眼睛立刻瞪得牛眼一般，很是气愤地望着我问道："你去找他了？我不会再去他公司上班了。我把他炒了。"真是让人哭笑不得。我缓和了一下语气说："不去就不去了。咱就说说这事，你做员工的，即使有天大的委屈，也该给老板留足面子，不能摔人家的酒杯呀！"表弟恨恨地说："凭什么呀？不喝酒逼着人喝，不喝就威胁要炒人鱿鱼，别人替喝还不行，把人家小姑娘逼得眼泪直流，什么人呢！纯他妈的心理不正常。"我明白了，表弟是看不惯老板逼女员工喝酒摔了酒杯的。我直视着表弟的眼睛说道："你正常？你英雄救美啊？打抱不平啊？你知不知道你这么做也害了那个女员工，她一定也会被老板炒了的。你有勇气炒老板，她呢？"表弟缓缓地垂下了头。姑姑一直在旁边看着我们，看表弟把头垂下了，姑姑说："知道错了吧？你也老大不小了，做事得动动脑子，不能总是……"表弟起身进了自己的房间。

姑姑长叹一声，望着我说："就一根筋呢！这咋在社会上生存啊？你帮他再找找工作吧！总在家待着也不是事。对了，你昨天不是说你们要招一个经理秘书吗，让他去呗！"

我连忙摇头说："他能干了那八面玲珑的活？"我们公司换了经理，新来的经理把原来的秘书辞了，让招聘一个新秘书。原来的秘书极精明极会取悦领导的一个人都不合新经理的意，表弟怎么能够胜任呢？姑姑哀求地说道："你让他试试呗，万一能行呢？"哪有什么能行啊，根本就不行。我不好过于回绝姑姑，就说："那让表弟去应聘一下吧，用谁经理自己说了算的。"

表弟就到我们公司去应聘经理秘书。

来应聘的人很多，表弟不算很出众，但也不算很差。我不忍心表弟初试就落选，也为了给姑姑一个交代，以为我这个侄子一点忙都不帮，帮助表弟走到了最后一关：经理亲自面试。

我把参加经理面试的最后五个人的资料交到了经理手中，经理简单地看了看，资料上根本看不出什么问题。经理吩咐我在他面前放五把椅子，我把椅子放好，经理从抽屉里拿出了五枚图钉，递给我说："一个椅子上放一个，尖朝上。"我有些蒙，但瞬间就清楚了，把图钉按照经理的意思放在了椅子上，然后把五个面试者领了进来。包括表弟在内的五个人都看到了椅子上的图钉，一瞬间都怔住了，站在椅子前有些不知所措。经理微笑着看着他们，摆摆手让他们坐。经理像是根本不知道椅子上有图钉似的。除了表弟，那四个人似乎恍然大悟，咬牙坐在了椅子上。椅子上的图钉一定扎进了他们的皮肉，但痛楚在他们脸上却一丝一毫也没显现出来，都显得那么的从容与镇定，甚至还微笑。而表弟呢，还在那儿看着那枚图钉。我恨不得过去把表弟按在椅子上，经理的意图就是考验他们是否有吃苦耐痛的精神和能力，可表弟这一根筋一点都没领悟到。表弟看看椅子，伸手把椅子上的图钉拿了起来，扔进了垃圾篓里，然后坐在了椅子上。望着坐在椅子上的表弟，我的脑子嗡嗡的：完了，丁点戏都没了。

经理看看坐在椅子上的五个人，一个问题都没问，摆摆手说："好，出去吧！"

表弟他们出去了，经理对我说道："就用那个把图钉拿掉的。"我的脑子轰的一下，这怎么可能呢？看我没动，经理笑笑说："怎么，有问题吗？"我不解地望着经理。经理望着我说："钉子扎不痛吗？"我说："痛！"经理说："知道痛还往上坐。我选的秘书，最起码他应该是个正常人。"

我感觉我的屁股突然像被图钉扎了似的痛起来。

你和谁在一起

○秦德龙

"乔庄，你和谁在一起？朋友？男朋友？女朋友？新朋友？老朋友？拍张照片过来，让我看看。"

每当听到妻子在手机里叫嚷，乔庄都烦得要死。没办法，乔庄转了个身，对准身边的某个行人，用手机拍了张照片，给妻子发了过去。

"乔庄，这个人是谁？我怎么没见过他?！告诉你，我的手机安装了测谎系统！"妻子又在手机里叫了起来。

乔庄不无讥讽地说："你再去安装人脸识别系统好了!"乔庄说罢，索性把手机关上了。

乔庄真是郁闷。郁闷得不得了。什么事啊，一部 GPS 定位手机，就把自己给锁死了，再也无了人身自由。本来，GPS 定位手机是单位给发的，是便于老板监控员工用的。凭什么妻子要做无缝对接呢？郁闷，真是郁闷。

发手机那天，老板笑眯眯地说："给业务人员发 GPS 定位手机，是为了让我随时都知道你们在哪儿，目的是遏制逃岗、离岗，确保你们无一脱管漏管。记住，临时越界，一定要事先请假！当然，只要你们一越界，我马上就能发现，马上就知道你在干什么，和谁在一起!"

碰上这种老板，本来就够郁闷的了。可是，妻子却雪上加霜，这不是让人更郁闷吗？人和人之间是需要有空间的，需要有安全的距离。不然的话，自己就死定了。

乔庄开始了胡思乱想。人总是这样，胡思乱想，能碰撞出来智慧的火花。想来想去，乔庄想到了双胞胎。自己若是有个双胞胎的兄弟就好了，可以让双胞胎兄弟当替身呀。可是，双胞胎兄弟是没有的。不过，用替身还是可行的。记得有一回，自己雇过一个替身，给了 10 块钱，让替身代替自己去开了一个不咸不淡的破会。想到这里，乔庄笑了，何不再找个替身，把 GPS 定位手机给他，自己不就自由了吗？

于是，乔庄来到了替身公司，说明了自己的想法，要求找一名与自己形似而且神似的替身。

替身公司可谓人才济济，无所不能。很快，就有一名替身站到了乔庄的面前。乔庄打量着替身，几乎惊呆了。替身的长相、气质、语音，几乎与他别无二致。乔庄甚至怀疑他是自己失散多年的同胞兄弟，只是不知道父母当初为什么要将这个兄弟送人。

乔庄紧紧地握着替身的手说："兄弟，可找到你了，哥有难处，你要帮哥一把！"

替身温文尔雅地笑着： "大哥，没问题，为用户服务，是我必须做的！"

乔庄满意地笑了，向替身叙说了自己的郁闷。他摘下 GPS 定位手机，交给了替身，并将需要注意的细节，一一做了交待。

替身说："大哥，放心吧，一切交给我好了！我保证天衣无缝，让你的老板和你的妻子，把我当成你！不折不扣地当成你！"

乔庄大喜，告别了替身，到自己想去的地方去了，找自己想找的人去了。

三个月过去了，平安无事。乔庄随时与替身保持着秘密联系，指导他如何应对公司老板和自己的妻子。替身也时常打电话向他汇报相关事项的动态。乔庄对替身的表现相当满意。他是个粗心大意的人，三个月内，竟未亲自到公司去过一次，也未回家同妻子照过一次面。他相信，替身会把一切都做到位的。替身嘛，就是代替自己干活的人嘛。

有一天，乔庄心血来潮，摸回了公司。可当他出现在公司的时候，老板却将他赶了出去。老板盯着他问："你是谁？你敢冒充乔庄?!"老板说着，拨打了乔庄的 GPS 定位手机，很快，替身就冒了出来。老板指着替身说："他才是我公司的业务员乔庄，你算哪根葱啊？你有 GPS 定位手机吗？滚吧！"

乔庄浑身是嘴，也说不清。他希望替身能帮他做些解释，替身却露出了轻蔑的冷笑。

乔庄想到了妻子。一日夫妻百日恩，妻子总不会翻脸不认人吧？

可是，当他奔到家门口时，妻子却将他拒之门外了。妻子盯着他的脸说："你是谁？你敢冒充我丈夫乔庄?!"妻子说着，拨打了乔庄的 GPS 定位手机。不久，替身就闪了出来。妻子指着替身说："他才是我丈夫乔庄呢，你算哪根葱啊？你有 GPS 定位手机吗？滚吧！"

乔庄百般解释都没用，他央求替身说明实情，替身却冷笑不语。

不是一家人，不进一家门。乔庄打量着替身，发现他竟真的变成了自己。替身挎着 GPS 定位手机，成了彻头彻尾的乔庄。乔庄恍惚了，乔庄对自己的身份产生了怀疑：难道，自己已经不是乔庄了吗？

乔庄流落到了街头。

后来，替身找到他，请他吃了饭，把他送到替身公司打工去了。

委 婉

○刘建超

典子找到我，悲切地说，草本的父亲出了意外，家里不敢告诉他，他父子情深，怕他受不了，让草本的女友典子想办法告诉他。典子红着眼说她无论如何也开不了这个口，托我和草本谈。你和草本是朋友，你告诉他，要说得委婉些。

如何委婉地将事情告诉草本，让我大伤脑筋，我是个喜欢直来直去的主儿。临阵磨枪，我找来一些相关书籍求教，一则外国幽默给了我启发。说是一位太太外出旅游，关心她家里的那只宠物波斯猫，便打电话问丈夫，家里的猫怎么样了。丈夫说，很不幸，它死掉了。太太说，你怎么能直截了当地告诉我，这样我会受不了的。你应该说，它爬上了树，又跳上了屋顶，不小心摔下来。那么你再告诉我，我母亲怎么样了。丈夫说，她爬上了树，又跳上了屋顶。我把这个故事讲给草本听，草本说，这个故事我早就听过。我说虽然是个故事，可现实中也真会有这样的事，比如说，你的家里……草本一瞪眼，你少说晦气的话，我们家人没人会上树。我说，当然，不光是上树，有的人突如其来地暴病。草本拍拍胸脯，我家人身体个顶个的棒。我妈跳绳、踢毽子，连小姑娘都不是个儿，我爸参加老年中长跑比赛，连续两年都是县里的冠军。怎么，你家里有人得了急病？我说我家没有，虽然父亲这两年患了脑血栓，但吃药治病已经稳定了，现在经常得点小病小灾的还好些呢。常言说病恹恹，活千年，怕就怕身体棒

70

的。你就说美国女排运动员海曼，又高又壮的不就倒在赛场了。草本撇撇嘴，老外了吧，那是巨人容易得的马凡氏综合征，死亡率百分之八十，没救。我说世界上最不值钱的就是人啦，你说说，现在保护森林、保护耕地、保护江河、保护湿地、保护野生动物，啥都比人宝贵了，人可以再生嘛。司马迁说过，人固有一死，或重于泰山，或轻如鸿毛。咱平民百姓，一辈子也不图重于泰山也不能轻于鸿毛，只要平平安安问心无愧，一辈子也就值啦。人来世上走一遭，恋爱、结婚、生子，把儿女们养大成人也就差不多完成他的人生使命了。对老人只要孝敬他，关心他，让他感到了家的温暖，即使是老人去了也会感到欣慰的，儿女们也不必过分地难受。谁又能千年不死呢，那不成了王八了，千年的王八，万年的龟嘛。草本说，人来到世上就应该快快乐乐地生活。我们家就是个欢乐家庭，家庭快乐美满，生活质量高，人就可以健康长寿。我说是的是的，不过苏轼他老人家早就说过月有阴晴圆缺，人有悲欢离合啊。悲和欢总是连在一起的。一个彩民，回回买彩票，买得倾家荡产时，却中了个特等奖，500万元，结果兴奋过度，突发心脏病，死了。我的一个朋友，就是想开车，谁都拦不住。家里不给钱，他就去医院卖血交学费，考上了本子，结果放单没有两个月，把车开上了便道，一家三口让他撞得一死两伤，他自己也判刑入狱。世上的事最难说的就是突然，就是意外。假如说，被撞的是你家的人，是你的父亲……草本一把抓住我的胳膊，我再次警告你，不许拿我家开涮，尤其是咒我父亲！草本不理我，独自坐在床上喘着粗气。我咬咬牙，好吧，也别假如了，草本，你父亲去世了。草本疯了一样跳起来，照我脸上就给了一拳。好哇，我一直把你当朋友，你今天转这么大个圈来耍我，我不再有你这个朋友了。草本甩门而去。

典子找到我问，你和草本谈了吗？谈了。委婉吗？委婉。结果呢？

我抬起头，指着乌青的眼窝，结果都写在这儿啦。

作　业

○周　波

　　读书的时候，我的作文一直不好。每次上作文课，老师拿着其他同学的作文当范文读，我却趴在课桌上想睡觉。老师不止一次地过来敲我的脑壳，她一敲，同学们就笑。

　　老师姓齐，一个很严厉的人。学校初一年段一共是四个班级。齐老师年纪最大，已有四十多岁。那时，学校里不评优秀教师之类的头衔，凭的是阅历，齐老师于是成了最有威望的教师。学生们都怕她，她不苟言笑的形象让我印象很深。她最绝的一招，面朝黑板上写字，可以百发百中地把粉笔头扔到背后开小差的学生。我们一直奇怪，齐老师怎么发现身后有异常情况的。班里很多人中过她的粉笔弹，当然，我肯定最多。

　　齐老师是班主任，学期到了，就要家访。我爸妈那会儿比我还紧张，生怕她又提我作文的事。家访时，爸妈会准备很多的水果。有一回，我对爸妈说，齐老师对我不咋的，不用这么费劲。我妈叹着气说，作文好点爸妈也不会这么累。我知道，爸妈搁不下脸，只好拿水果堵齐老师的嘴。

　　我读初三时，作文依然没啥起色。在班里，我是受齐老师批评最多的学生。有一次，齐老师把我的作文也拿来作为范文进行介绍，我成了反面典型。齐老师随后说，周波是写不好作文的。我记得当时同学们都笑，我第一次感到笑脸原来很让人憎恶。下课时，我想找齐老师去，她怎么可以这么说自己的学生呢？不过，最后没去成，忘了啥原因。

那年夏天里的一节语文课让我记忆犹新。蝉鸣声中，我看见齐老师走上讲台，然后像往常一样亮开嗓子。齐老师说，今天，我们要学习的课程是《暴风骤雨》。开始，班级里很静。快下课时，有个调皮的同学突然站起身来说，《暴风骤雨》作者是周波。话一出口马上引来满堂笑声，齐老师也笑了。我现在感觉当时自己的脸一定很红，同学是故意让我难堪。后来，我听见齐老师说话的声音。齐老师说，《暴风骤雨》作者是周立波，中国著名作家，周波和周立波差一个字，档次相隔两万八千里。齐老师接着又说了一句注定会让我一辈子记住的话。齐老师说，周波如果以后能成为作家，她就从这楼里跳出去。我们班级在二楼，我记得当时自己心里咯噔了一下，有一股热乎乎的液体从身体里蹿了上来。不过，我很快保持了平静。我把头朝向窗外时，听见同学们笑声很响，齐老师也大声在笑。这时，我，突然也笑了。

若干年后，也就是我工作了很多年之后，我出了第一本小说集《行走的沙粒》。书运到岱山的那天，我很感慨地凝视了一下扎得结实的邮包。然后，我迫不及待地去了邮局。在邮局，我买了一只特大号信封。然后，在信封上毕恭毕敬地写下曾经读书时的学校和齐老师的名字。接着，又郑重地把签上自己名字的第一本书投进了邮箱。

一个月、两个月，我一直没收到齐老师的任何消息。爱人说，齐老师早就退休回家了。我想应该是这样，不过，学校应该会转交信函给齐老师吧。

我决定去学校，这么多年没去，也不知少年时的学校现在是什么样。

那天，我走到学校门口时，门卫拦住了我。

门卫问我找谁。

我说我找齐老师，我还说我曾是这个学校的学生，一个过去不会作文的学生。

门卫说从这个学校出去的学生多的是，姓齐的老师也很多。

我于是开始喋喋不休地解释，我说我叫周波，和写《暴风骤雨》的作家周立波只差一个字。

门卫被我搞烦了，就打电话到校办公室。几分钟后，他出来告诉我，我要找的齐老师几年前就死了，埋在对面的山上。

我愣愣地望着对面的小山，不知道该说啥。

门卫说，你还有啥事吗？

我心里堵得慌，唏嘘了一阵说：我来交作业的，齐老师当年让我做的。

五 爷

○宗利华

五爷的儿子六筐打电话来，说，你无论如何也得办成这事，要不，你五爷觉得死了也不安心。我说，六筐叔，这事不好办，现在要找张惠妹唱的歌嘛好找。六筐说，张惠妹是哪个乡镇的？不要她的，就要刘兰芳的评书《杨家将》。

这个五爷。

这个快嘴五爷。

眼前就现出了一张脸，沟沟坎坎，纵纵横横，干瘪的两片嘴唇，紧衔一柄油亮亮的烟杆儿，吸时，两腮塌陷，双目微眯，待那缭缭绕绕的一口散漫而去，两眼登时射出两道光来。

五爷那张嘴，才真叫嘴。他说，沂蒙山的蝎子比别处的多两条腿，十条。你去一数，果然，二钳八足。他说，富裕家那头克郎猪像是肚子里长了东西。后来那猪果然早死，富裕舍不得弃掉，想留点肉吃，开膛一看，果有一瘤如拳。五爷还说，国际局势，风云变幻，别看萨达姆人家那国家小，却是一点也不怕那飞毛腿导弹。

你肯定奇怪，五爷几乎不出老牛沟的沟口，他哪儿来这么多的学问？

五爷有一台收音机。

五爷有一台跟 14 吋黑白电视机差不多大的收音机。

一次，五爷奉五奶奶之命到镇上赶集购物。这种机会于五爷来说十分难得。五爷放着生产队里的一群牛。牛的活动区域在山上，所以五爷也不敢乱跑。五爷就到了镇上。到了镇上的五爷干了一件将在外君命有所不从的事儿，没有买回五奶奶所需之物，却抱回一台收音机。

为此，五奶奶下令五爷必须戒酒一个月。

五爷得了这宝贝，愈加神清气爽起来。那时山沟沟里有台收音机是真够高级的了，黑白电视机也只有在山下村里书记家一台。当时正播放刘兰芳说的评书《杨家将》。大家伙听得入迷，夜夜聚拢到五爷家。五爷亦早早赶牛入圈，洗把手，太师椅上一坐，手捻胡须，面带笑容，听至悬念处，搔首，搓腿，其状可掬。待听到那句"要知后事如何，下回接着说"后，一声长叹，只恨不能一并听完。

且说，那天正说到《穆桂英大破天门阵》，穆桂英费了好大的劲才开始打天门阵，早把五爷给急得不行了。谁料这时，五爷竟得一疾，需入院。一病数日，待回了家，穆桂英已把天门阵给破了。

这事，五爷一直耿耿于怀。

五爷就问别人，那阵是怎么破的？别人就说了。别人怎样说，也抵不过刘兰芳呀！五爷就一直心痒难遏。

不久前，五爷旧病重犯，且年龄已迈，看来这次是眼看要不行了。

眼看要不行了的五爷仍挂念着那桩牵肠挂肚十几年的事儿。

我找到了一个在广播电台工作的同学，说这事十万火急。同学又找了同学，辗辗转转，竟给搞到了几盘磁带！

我急切切赶回家时，五爷已经奄奄一息。

磁带放进录音机，顿时铿铿锵锵的声音重又跳跃在了五爷房子的每个角落。五爷核桃皮般的脸面倏然簇成了一团，眼睛眯成了一条线，又微微张开，脸上的笑容慢慢拢了上来，目光中却少了许多锐意。大伙儿了却了心愿，放下心来，静静听书，恍惚间，重又回到数年前拢来听书的景况。都入了神。

一盘磁带放完，都才醒转过来。

齐齐地去看五爷。

见五爷仍笑着。

人却走了。

怎么证明自己还活着

○秦　俑

　　我们单位一位退休的老职工汪工死了。汪工是怎么死的无关紧要，我这篇小说的中心内容与死亡无关——虽然它是以一个人的死开始，又是以另一个人的死结束。

　　汪工死了，汪工的死给我们带来了一个很直接的后果：在汪工去世后的第二天早晨，汪工的儿子汪伟领着一个老太太出现在我们办公室的门口。现在可以告诉你了，我这篇小说最关键的人物不是汪工也不是汪伟，而是这个叫做何桂香的老太太，也就是汪工的老伴儿汪伟的母亲。

　　当汪伟搀着汪老太太来到办公室的时候，我们多少有些惊讶。因为在此之前，我们不知道汪工还有个妻子——这种惊讶本身很可笑，我们作为单位政工部门的工作人员应该做出检讨——不过客观的事实是我们并不了解汪工，我们只知道汪工曾经是单位的技术骨干、劳动模范，但是他的性格并不合群，与领导同事之间处得都不好。

　　现在汪伟来了。汪伟的胳膊上缠着黑纱。汪伟很悲切地握着我们的手听我们说一些安慰的话。汪伟指着那个老太太说，这是我的母亲，两年前患上了老年痴呆症，生活不能自理，父亲在世时不愿拖累单位，现在父亲去世了，希望组织上能够照顾照顾。

　　对于汪伟的要求，我保持一个下属的沉默，我只负责将汪伟领到主任办。主任沉吟了一会儿，对汪伟说，对于你的要求，我们完全理解，汪工

78

是为单位做出过贡献的老职工，情况特殊，也理应照顾，不过按照有关规定，需出示你母亲与汪工的婚姻证明以及你母亲在世的文字证明。

汪伟可能没想到事情这样简单，他满脸感激地握住主任的手，口里含混不清地说着一些感谢的话。汪伟的母亲呆呆地靠在一旁，面无表情。

第二天下午汪伟又来了，手里拿着一本老式的结婚证。汪伟说派出所查不到母亲的户口，不肯开证明。汪伟接着解释说，母亲是抚顺桑河人氏，当初远嫁父亲时，可能没有办理户口迁移手续……主任是个很讲原则的人。主任说，这事不好办，规矩是写在文件上的，白纸黑字，要不到你母亲的老家去开个证明来。说着主任便在电脑前敲了一阵，打印出来一张纸：

证　明

何桂香同志是桑河乡大坝子村居民，现年六十一岁，在世。

特此证明。

×年×月×日（盖章）

主任看了看，觉得有些不妥，又将"是"改成了"原是"，才交到了汪伟手上，说，不是不帮忙，一帮就乱了规矩，你先跟你舅家人联系，再将证明寄过去，只要当地公安部门一盖章，这事我立马帮你办好。汪伟又很感激地紧握住了主任的手。

第三次到办公室来时，汪伟的脸上极不自然。他的身后跟着汪老太太和一个三十刚出头的穿西服的男人。这次汪伟没先开口，说话的是那个男人。他自我介绍说是汪伟的表弟，汪伟的母亲是他的大姑，因为大姑出嫁时在桑河的户口已经注销，桑河派出所也不肯出示证明。他说："我大姑爹一辈子踏踏实实勤勤恳恳，而今去世了，大姑患了病，眼看着看病住院的钱都没个着落，你说不靠这单位靠谁去……"主任耐心地做着解释，甚至还把那一沓发黄的文件拿出来。那个男人也没法子了，扭过头去对汪伟说："这单位也有单位的难处……"汪伟的脸一下子涨得通红，他看上去很气愤，好半天才指着汪老太太嘟囔出一句话："开什么证明？这人好端端站这儿，还要开什么证明？"主任拿起文件走到汪伟跟前，指着上面的一排字念："你看看，文件上是这么写的，我们也没有办法。"……

事情过去了好几个月。那天，主任走到我身边跟我说，小秦，你起草一份报告，把汪工的家庭情况说一说，看局里是不是可以酌情照顾照顾。我很快将报告写好了，主任习惯性地改动了几处字词，要我送分管领导批示。分管领导二话没说签了两个字：同意。主任又吩咐我将手续办了，还叫我到银行办好存折送到汪工家里去。局里对孤寡职工家属的生活补助是每个月 120 元。

故事到这里当然还没结束，开头的时候我已经说了，这个故事的结局死了一个人。那天，我有点儿疑惑主任为什么要我将存折送到汪工家里去，但领导吩咐的事我不敢含糊。到了汪工家，我看到了汪伟的女人，她正在忙着淘米，看到我来便慌忙让座倒水。我将来意说了，再将存折给她。她说老人家的病加重了，昨晚住进了医院，脸上一脸的感激之情。

出门的时候，刚好碰上汪伟风风火火地赶回来，他大老远就朝着屋里喊着："孩子他妈，快去医院，我妈她快不行了！"……

童　话

○刘　柳

　　孩子特别喜欢听童话，每天，孩子总喜欢端一个小凳子坐在门口，然后缠着外婆给他讲童话故事。外婆很依孩子，总说：从前，有一个很诚实的孩子……外婆总这样开头。门口就是街，街上的人每天都可以看见一个老外婆和一个小孩子，小孩子托着小脑袋，痴痴地听着什么。这一切，倒真有点童话中的感觉了。

　　这天，孩子照常端着小凳子来到门口，孩子闻到一阵阵的香味。孩子看到街对面很多人围着一个摊子。孩子走过去，看到一个人正在烤一串串的东西。孩子听见旁边有人说：这羊肉串真香。孩子听了，知道那一串串的东西叫羊肉串。

　　羊肉串烤好了，旁边的人你一串我一串地买，孩子咽了咽口水，也想吃。孩子于是跑回家去，叫来外婆，阿婆，我想吃羊肉串。

　　那东西吃不得，不能吃。外婆看了看那一串串洒满辣椒粉的肉条儿。

　　不，我就要吃，阿婆，我就要吃。孩子不依，嘟起个嘴。

　　那东西脏，吃了会得病，吃不得。说着，拉起孩子要走。

　　孩子撒起赖，不愿走。

　　外婆见孩子不走，气了，你再不走，我不跟你讲童话了。说完，外婆自己走了。

　　孩子站在那儿呆呆的，看着羊肉串，眼都不眨一下。

这会儿，邻家一个大孩子走过来，一连就买了两串。孩子眼睁睁地看着，一脸馋相。

大孩子见了，拿着羊肉串晃了晃，想吃吗？

想。孩子眼巴巴地盯着大孩子手中晃来晃去的羊肉串。

想吃叫你阿婆拿钱来买呀。

我阿婆不跟我买。孩子扁扁嘴，委屈极了。

呵呵，羊肉串真好吃。大孩子咬了一口羊肉串。

嗯，你哪儿来的钱买？孩子问。

嘿，我拿我爸爸的钱。

拿来的，那，那不是偷吗？孩子张大了嘴巴。

什么偷，不要乱讲。大孩子凶凶地瞪了孩子一眼，转身跑走了。

孩子怔在那里，身边，羊肉串不断地飘着诱人的香味。

随后，孩子咚咚咚地跑回家。外婆出去买菜了，孩子知道外婆平时把钱放在哪儿。孩子小心翼翼地打开外婆放钱的抽屉，飞快地拿了一张钱，慌忙跑到卖羊肉串的小摊前。

孩子紧紧地捏着钱，眼睛望一望羊肉串，又瞄一瞄手中的钱。瞄着钱时，孩子想起外婆了，还想起了外婆的童话：从前，有一个诚实的孩子……想到这里，孩子跑了回去，小心翼翼地把钱放了回去。

但孩子总也断不了想吃羊肉串的念头。于是，每天，孩子总是坐在门口眼巴巴地盯着门口的羊肉串摊子。外婆照常跟孩子讲童话故事，可孩子心中满是羊肉串，连童话故事都听不进去了。

这天，孩子又坐在门口，忽然，孩子想起以前外婆讲过一个童话故事，外婆说很多年前，有一个小孩子，他没有吃的，就去帮人干活，挣到很多钱——

孩子高兴起来，忙跑过去。孩子对卖羊肉串的人说：叔叔，我帮你干活吧，干完活，你就给我一串羊肉串吧。

卖羊肉串的大胡子笑了，或许是因为孩子天天站在那儿看，他同意了。于是他叫孩子帮他看摊子。

孩子帮他看了一会儿，大胡子给了他一串羊肉串。孩子兴奋极了，举着羊肉串，反反复复地看，竟有些舍不得吃。

邻家大孩子见了，走过来，你阿婆给你买羊肉串了？

不是。

那你哪儿来的羊肉串？

这是我自己挣来的。孩子说，满脸的得意。

物种宣言

○马新亭

动物界的一位博师生导师，站在讲台上提问学生："地球上什么动物是害虫？知道的同学请举手！"

课堂上的同学齐刷刷举起手。

导师环视一下四周说："请娃娃鱼同学回答。"

娃娃鱼说："是人。"

导师说："为什么？"

娃娃鱼回答："因为我已经没有了家，我的家被人类破坏了，好多好多的江海湖泊散发着恶臭。"

导师又说："请白天鹅同学回答。"

白天鹅站起来说："是人。"

导师又问："为什么？"

白天鹅啜泣着说："因为我早没有了家，人类不断地猎杀我们，我们没有栖息之处。只好四处流浪。"

导师说："请小白兔同学回答。"

小白兔淌着泪水说："是人。因为我也快没有家了，昔日绿草茵茵的陆地越来越沙漠化。"

导师指指小燕子说："你回答！"

小燕子呜咽着说："是人。原来天空就是我的家，我在蓝天白云阳光里自由自在地翱翔，可是现在天空成了垃圾场，乌烟滚滚，刺鼻难闻……你们看，我的衣服都被染成黑色的了。"

"请老虎同学回答。"

老虎气呼呼地说："是人。大家知道森林是我的家，可不知从哪天起，自私的人类滥采滥伐我的家。大家也知道原先我从来不吃人，还把人类当朋友，我为了报复人类破坏我的家，才开始吃人的。"

导师也擦擦眼泪动情地说："如果这样下去，总有一天地球上的人与我们将一起灭绝，地球最终将毁灭。因为地球是人类和我们共同的家园啊！不过庆幸的是人类似乎意识到这点，开始保护环境，爱护我们，同学说对不对啊？"

"对、对、对。"学生们高声喊道。

"我倒有一个建议。"导师说。

"什么建议？"学生们异口同声说。

导师清清嗓子说："人类于 1948 年 12 月 10 日，在联合国大会上通过第 217A（LLL）号决议，叫《世界人权宣言》，共 30 条，其中第 1 条是：人人生而自由，在尊严和权利上一律平等。这个宣言，只是对人类生存权的保护，并没有考虑其他动物的生存权，所以，他们才对自然界其他物种滥杀滥捕滥砍滥伐。既然人是物种，我们也是物种，我们应该享有与他们一样的权利，只有这样这个地球才安宁，地球上的各种物种才能和平共处，生生不息。不至于好多物种濒临灭绝！"

"那我们开始起草吧？"

导师说："好，你们说，我来记。"

"第 1 条：各种物种生而自由，在尊严和权利上一律平等。"

"第 2 条：各物种有资格享有本宣言所载的一切权利和自由，不分种族、毛色、语言、宗教、政治、物籍、身份、出生等任何区别。"

"第 3 条：各物种享有生命、自由和人身安全。"

"第4条：任何物种不得施以残忍的、不人道的或侮辱性的待遇，或不正当的侵害。"

"第5条：各物种有思想、良心和宗教自由的权利。"

"第6条：各物种有权享有主张和发表意见的自由。"

"第7条：各物种有直接或通过自由选择的代表参与治理本地球的权利。"

"第8条：各物种都有受教育的权利，教育应当免费，至少在初级和基本阶段应如此。"

"第9条：各物种有权要求一种社会的和地球的秩序。"

"第10条：各物种对地球负有义务，因为只有地球存在，他的生命才得以延续，他的个性才可能得到自由和充分的发展。"

……

关于一所小学校的报道

○非　鱼

我是一名记者。

首先需要声明的是，到目前为止，我还算是一个真正意义上的记者，除了会议新闻报道多了一些，我没做过其他对不起这个职业的事。主要原因是我太懒，对生活又太随意，没有过高的要求。

如果一直这样下去的话，我会在二十年后顺利退休，会拿到主任记者的工资，会在这个市里认识各部门的大小官员，会在街边散步的时候多打几个招呼，仅此而已。

必然是由很多偶然因素组成的。我必然的记者生活在一个必然的早晨，被一个必然的中学同学用一件必然的事，偶然改变了。

他给我打电话，心急火燎地说他老家村小学校的房子快塌了，要我这个记者在报纸上呼吁一下。

说起村小学，我立马想起我小时候读书的村小学。两排旧瓦房，我曾在里面读过五年书。那时候，那里是天堂，是自由和欢乐的天堂。从老同学的描述里，我想象着我曾经坐过的那间教室，如一只鸟巢在风雨中摇摇欲坠，随时有"轰隆"一声塌下来的危险。

我说：你陪我去你们村小学看看吧。

老同学明显很激动：那又得猴年马月啊，我现在就把照片发给你，你看看就知道了。

两分钟后，我的电子信箱里出现了一封邮件，附带了两张图片，一张是房子，另一张还是房子。第一张突出的是坑凹斑驳的土墙，没有一块玻璃的窗户，失去下半截门板的教室门。第二张突出的是屋顶，从教室里朝外拍摄的，不用说，是缺瓦坏椽，碗大的窟窿一个接一个。

我是被第二张图片打动的。第一张不稀奇，我小时候的教室就是那样，玻璃是被我们打烂的，并不是开始就没有；门板是被我们踢坏的，并不是开始就少一块板。但我们那时候屋顶是好的啊，是不会进风漏雨的，是可以很安全地在里面上课的。

太让人震惊了！这样的教室孩子们怎么上课！万一出了事可怎么办？我不能视而不见。

第二天，我的报道就连同那张满是窟窿的房顶的照片，一起出现在报纸的头版上。

我相信，任何人看到都会震惊，都会做出反应的。关注的市民很多，他们纷纷打来电话，强烈谴责当地政府，说他们草菅人命。

但我没想到反应最强烈的就是当地政府。那个村以及所在乡的领导，他们一齐来找我，说我报道失实，说那张照片根本不是他们村小学的房子，非要我跟他们实地去看看。

好啊！看看就看看。

在车上，村长告诉我说村小学前年就盖新学校了。

新学校在村外，一座三层的红砖小楼房，崭新崭新的，看起来结实极了。乡长说，你听听，孩子们的读书声。

站在楼下，我看到教室门口每个年级每个班的标牌，我听到了孩子们整齐的读书声，很标准的普通话，一点也不像我小时候那样拉着长腔，跟唱戏似的。

我端起相机拍下了新学校的新面貌，我要为我之前失实的报道更正道歉。

新的报道和照片见报后，出乎我的意料，包括我的老同学在内，又有一些人给我打电话，说照片上那座楼房根本不是村小学校，那是村委会的办公楼，学校是临时迁过去的。

听到这个消息，我是超级愤怒了！

怎么能这么糊弄人！我好歹还是个记者，这帮混账干部，胆子也太大了！不行，我得再去一趟，看看小学校到底是个什么样子。

到了村里，我在一个流鼻涕小孩的带领下，很容易就找到小学校。

果然和我小时候上学的学校差不多，两溜土墙蓝瓦房。我从一个教室的窗户望进去，孩子们正在专心做作业，高高低低的课桌颜色各不相同。窗户是没玻璃，可房顶，却没有大大小小的窟窿，房子也不像我的老同学说得那么破败不堪。一连看过几个教室，情况都差不多。

我问一位从校园里走过的年轻老师：孩子们在这里上课安全吗？老师很奇怪地斜我一眼：你自己看啊，有啥不安全的？我发现我的问话真的很多余，我难道看不见？

我又来到先前看过的红砖楼房前，每间房门上依然挂着几年级几班的牌子，但没有读书声，门都紧锁着。

我问附近的村民：这是村委会还是学校？

他们的回答几乎让我崩溃：谁知道呢？你说是啥就是啥。

天啊，我当记者以来，还从没遇到过这么窝囊的采访，我不知道关于这所小学校的报道该如何继续和收场。

聪明的读者，你能告诉我吗？

艺 人

○张晓林

　　大蛤蟆是张宝瑞的绰号。张宝瑞咋着会落下这么个古怪的绰号？没有人能说得出其中的渊源。问他本人，他先是摇头，随后就眯了眼瞅着你笑起来："啥事情搞恁清楚弄啥？绰号和名字一样，还不都是一个符号。"

　　张宝瑞原先是个说书的。每年过了正月十六，围镇乡间的庙会就多起来，规模大的如二月二庙会、三月三庙会……庙会一旁都设杂耍场：唱大戏的、踩高跷的、变戏法的、玩杂技的、说书的……种类很多。张宝瑞在杂耍场用石灰画个簸箩口大的圆圈儿，把小桌子和架子鼓搬进去，开始说书。张宝瑞把画圆圈叫做"画锅"，一家人吃饭就靠这口锅了。庙会多设在农闲时，赶会的人密密匝匝。有人赶会啥也不图，就图个热闹，甚至就图听大蛤蟆说书。张宝瑞说书是很有些名气的，他的书场总是挤满了人。

　　有时后面的人听不见了，就起哄，使足了劲道，嘴里"嗨——"着猛地往前一捅，靠前面站的人正听得入神，不防备，脚下一飘，就滑进张宝瑞画的圈儿里了。张宝瑞停下说书，笑笑："这位看官，你怎么把我的'饭锅'给踹啦！"

　　张宝瑞有个师弟，书说得也不错，可他从不和师兄在同一个庙会上说书。他这个人和张宝瑞不大一样，嘴上有些损人。说完一段书，该打钱了，有的听书人就会低下头去，或者把帽沿子往下一拉，悄悄走掉了。这时，倘若被这个师弟给看在眼里，他就会放高了声音："我说，那您可是奔丧心急，想抢孝帽子戴？"张宝瑞就从不说这样的话。

说书正说得顺溜，张宝瑞突然改了行，说起相声来。

民国三十二年，相声大家陶湘九来汴京大相国寺行艺，一连说了两个多月的相声，轰动了汴京的大街小巷。张宝瑞也从围镇赶了来。真够味！他一下子给迷住了，觉得自己更适合说相声。

等陶湘九走下场子，张宝瑞就拦住了他，要跪倒磕头拜师。

陶湘九不肯答应，说："下边儿都有叫我师爷的了，我怎能再收你为徒？"

张宝瑞却铁了心，非学相声不可。他每天都到场子里来，帮着陶湘九收钱，偷学陶湘九的能耐。日子一长，张宝瑞的老师听说了这件事，非常恼火，张宝瑞登门解释他也不听，把张宝瑞逐出了师门。

陶湘九大受感动，破例收下了这个徒弟。有说书作根底，不几年，张宝瑞几与陶湘九齐名。

说相声，每到得一处，张宝瑞先是打听清楚本地的风俗、姓氏分布及一些大户的背景。他曾因没弄清当地的风俗习惯而吃过大亏，差一点砸了牌子。那一年，他在商丘一个小县城演出，演出的茶馆里能容六十个座儿。头一天开书，屋里全坐满了，又加了好多临时的座位，连窗户上都趴满了人。张宝瑞很高兴，这天他说的是他的拿手段子《卖布头》，心想，这一灼一定能打响。出乎意料，刚说几句，座上就有人交头接耳，"包袱"一抖，瘪了，人一下子走了一大半。

张宝瑞蒙了。

茶馆里的一个伙计私底下对他说："本地不论说书或是说相声，得照着书本来，那叫有学问！像你这种说法，叫'瞎编'！"

"噢！"张宝瑞明白了。

第二天，他在桌上摆了一摆线装书，说几句，就翻一页。尽管他说的是《卖布头》，摆的这摆书却是《水浒传》，但还是很快就赢来了观众。

世上的事就这么蹊跷。

张宝瑞考虑得再周全，还是有想不到的事情发生。一个在家赋闲的大官僚想听张宝瑞的相声，把他叫到了府上。一进门，大官僚身边的一个小官僚就朝他喊道："好好伺候老爷，叫老爷高兴了，多赏你俩钱！"

张宝瑞很讨厌这个小官僚。他见这个小官僚只长了一只眼（另一只眼用一小块黑布罩住了），便说："我们艺人是顺嘴胡咧，没什么学问，也就能说点张家长，李家短，仨蛤蟆，五只眼……"

这个小官僚平日最忌讳谁说"眼、眼"的，他早听出张宝瑞这是在讽刺他，可看看大官僚正在兴头上，不便发作，只得把火气压了又压。

照平日张宝瑞的做派看，他不会说出这样的话来，可他今天说了。

这就种下了祸患。

相声说完一段，大官僚听得高兴，道："赏艺人小菜四碟，黄酒一杯，吃了再说一段嘴皮子利索的。"

小官僚听了这话，暗中笑了。他来时见厨房的屋檐下挂了只马蜂窝，便吩咐下人给张宝瑞端菜时，想法捉只马蜂，掐去翅膀，埋在菜里，端上来。——这家伙一肚子坏水！

果然，菜端上来了，张宝瑞就把那只没有翅膀的马蜂一筷子夹进了嘴里，那只马蜂就在他的舌头上蛰了一家伙，疼得他这顿饭都没吃成。

大官僚派人来喊张宝瑞。张宝瑞登上台子，吃力地说："口齿利落的相声您是听不成了，你赏的菜里藏着个马蜂，把舌头给蛰肿啦！"

大官僚觉得扫兴，脸子就很难看。小官僚在一旁拍了桌子，张口大骂："妈拉个巴子，你这刁民，给我抓起来！"四个兵丁跑上台子，扭住了张宝瑞。

坐在大官僚身边的一个戴金丝眼镜的人说："王公，我看这事就算了吧！"大官僚扭过脸来，朝兵丁摆下手，兵丁散去。这场风波算平息下来。

后来，张宝瑞就在汴京定居了。

刚解放那阵，镇压反革命，都押到西郊的乱坟岗子上枪毙。枪毙前，允许犯人提个心愿。

有一个犯人，戴着一副金丝边眼镜，经过张宝瑞的相声棚子时，对押他的人说："去阴间的路上，想再听一段张宝瑞的相声！"

这天，张宝瑞患了重感冒，正在床上躺着，犯人押进来，张宝瑞的儿子说："父亲病了，说不成相声。"那边张宝瑞却起了床，上了台子，为那犯人说了一段《张广太回家》。那个犯人很感激地朝张宝瑞看了一眼，哗啦着手上的铁链，上路了。

不久，汴京组织说唱艺术团，原拟定要张宝瑞出任副团长，可有人反对说："前些时他还给大汉奸高某说相声来着，觉悟太低，不可用！"这事就黄汤了。后来同道说起这件事，张宝瑞笑笑："我不后悔，那人曾有恩于我，临走想听我说段相声，我咋着能不说？"

8 路车

○韩昌元

马小山刚挂上郭兰兰的电话，她就来到了电视台。郭兰兰说："马小山，我们分手，我永远都不回来了。"

马小山说："为什么？"

女友把头发一甩就走了。马小山想"永远都不会回来了"这句话太辛酸了。他的很多朋友，在男的和女的分手前，女的都会说这句话。马小山也曾无数次告诉郭兰兰说："万一哪天我们分手了，我同意，但你千万别说永远都不回来了。因为这句话太伤感了，让我控制不住自己。"

马小山感觉到了伤感，于是他迅速跑出电视台去追郭兰兰，他要追到她，他要和郭兰兰再分一次手，而分手时郭兰兰不要再说——永远都不回来了。马小山从电视台出来时，看到大街上的太阳很毒，郭兰兰在太阳底下显得特别性感。这时，郭兰兰正在挤 8 路车。

马小山跑到车跟前时，车已经启动了。马小山喊："郭兰兰，我们要再分一次手！"郭兰兰没有听到，司机也没听到。也就是说，8 路车继续前行。

马小山追着公交车，一直追着，一直追到满头大汗。马小山擦了擦汗，这时一个妇女走到他身边问："你在干什么，为什么拼命地跑？"

马小山说："我在追 8 路车，我在追我的爱情，郭兰兰在车里呢！"马小山说完又跑了起来。这时，妇女看着马小山叹气道："那好吧，我和你一起跑，没准能追上。"马小山握着妇女的手，很激动地说："大姐，太感谢你了。"于是，马小山和妇女跑了起来。

他们跑到市中心时，一个男人在路边抽着烟，看到马小山和妇女就问他们说："你们为什么跑啊，看把你们累的，挺辛苦啊！"

马小山一边擦汗一边感慨道："兄弟啊，我在追8路车，我在追我的爱情，郭兰兰在里面呢！"

男人说："是不是分手了？"

马小山说："是的，而且还说永远都不回来了，我就冲这句话才追的。兄弟啊，咱都是经历过爱情的人了，你想想这句话多辛酸，我就是追上她让她把这句话收回去，重新再和我分一次手。"

男人拍了一下马小山的肩膀，然后又握住马小山的手，做了三次深呼吸，说："兄弟，我和你们一起追，志同道合！"于是，马小山、妇女、男人三个人一起跑了起来。他们渴了就买水喝，饿了就坚持住，累了就做深呼吸……就这样一直跑下去。直到在一个拐弯处遇到了一个很时尚的穿着高跟鞋的女孩，她跑到马小山身边说："你们为什么跑啊？"

马小山说："我在追8路车，唉，郭兰兰坐在这车上跑了，而且她还说永远都不回来了，太伤感了。"

女孩说："哦，原来是这样啊，应该能追上的，也许她看到你这样一感动就回到你身边呢。"说完，女孩脱掉了高跟鞋，在手里摇晃着，与马小山、妇女、男人一起跑了起来。他们的信念很坚定，一定要追上8路车。

越来越多的人开始加入他们追赶8路车的队伍中，他们只要一听到"永远都不回来了"这句话，都毫不犹豫地一起追了起来。他们也觉得分手的时候，说这句话是真的很伤感。

队伍越来越大，最多的时候达到50多人。有老有小，有男有女……由于路途过长，太阳过毒，很多人在经受一段煎熬后，身体出现虚脱便自动退了出来。但他们退出来的时候都紧紧抱住马小山，像参加马拉松比赛似的说:"同志,你可要坚持住,胜利就在眼前,千万别放弃,千万啊。"

跑到天黑时,队伍还剩下 10 多人。马小山突然觉得眼前一黑,他躺在地上说:"兄弟们,我不行了,太累了,实在追不上就算了。"

大家都围在马小山的周围,看着马小山说:"不追了吗?我们绝对不能轻易放弃!"

马小山抢过一瓶矿泉水咕咚咕咚喝了几口,然后说:"我不管了,你们要追你们追,反正我不追了。"

这么一说,很多人都不乐意了,一个年轻人拽着马小山的衣服说:"兄弟,什么意思,今天可是我们帮你啊,你不追了?不追也可以,得请我们喝酒!"

马小山看着他们,半晌说:"成。"

大家都朝酒店赶去,可脱掉高跟鞋的那个女孩又向 8 路车的方向追了过去。马小山说:"别追了,追也追不上,大家一起去吃饭吧。"

女孩子跑了很远,说:"你不要管我,我一定要追上!"大家看着女孩子都觉得不可思议,说她固执。那天晚上,10 来个人在酒店喝酒喝到 11 点多。

半夜时分马小山迷迷糊糊地回到家,一进屋看到郭兰兰坐在沙发上吃着葡萄,在看电视。

身后的狼

○朱占强

我们公司资不抵债，被一家私营企业收购。在最后一次全厂职工大会上，行将离任的厂长说："是机遇也是挑战。"纯粹的官话套话安慰话，机遇雾里看花水中望月，挑战则是必须面对失业的现实。

一筹莫展之际，我突然想到了常明。

我和常明是高中时的同学，彼此好得就像一个娘养的兄弟。后来常明考上了大学，我顶替退休的父亲参加了工作。道不同不相为谋。虽然生活在同一座城市，由于相距较远，渐渐断了联络。据说那小子现在混成了"四有"新人，跑步进入了共产主义。如果他能现身说法指点迷津，对我的角色转换肯定大有裨益。

好不容易联系上常明，他约我在一家小酒馆见面。

握手，寒暄，拥抱，虚假的热情。

我们要了两盘时鲜小炒，两盘冷拼。常明还是原来的秉性。干过一杯劣质白酒，他大大咧咧地说："兄弟，是不是遇到了难处？有事你说话！"

"没什么事。"我笑了笑，"就是想找你聊聊！"

"聊聊？"常明似乎感到意外。他望着我愣了片刻，迷惑的一双眼睛旋即变得潮润。然后，他重重地拍了拍我的肩膀。于是我们聊了起来。常明问起我现在的处境，也许出于虚荣的自尊，或者担心带有功利色彩的谈话会破坏久别重逢的融洽气氛，我没有告诉他失业的遭遇，只说还在原单位混，日子过得一直不坏不好。

突然想到一个话题。

我说："常明，你读大四那年，我给你寄过几封信，怎么不回呢?"

"我去了可可西里。"

"干什么? 看藏羚羊?"

"也是，但不全是。"

常明原本热情洋溢的神情陡然变得阴郁。他沉吟片刻，顾自干掉一杯酒："说来话长。我去可可西里，是为了赴一个爱情之约。读大二那年，我处了一个女朋友，叫琳。琳有着非同一般漂亮女孩的气质和风度。我们说好的，毕业后去一趟可可西里，看藏羚羊，也让广袤的荒原戈壁见证我们伟大的爱情。

"没想到，我们曾经海枯石烂也不变的爱情竟然脆弱得不堪一击。升入大四那年，琳竟然爱上了他们班里的一位男生，理由简单却充分，那位男生家里非常富裕，能让她一生幸福。我向来信守诺言。同琳分手的第二天，我背起行囊，孤身一人去了可可西里。

"进入可可西里腹地后，我迷了路。我本就是奔着为爱情殉葬才去的，所以并不畏惧死亡。在那里，我见到了一群藏羚羊，它们并不怕人，好奇的眼睛里流露出不设防的善良和纯真。看到藏羚羊的那一刻，我哭了，哭得天昏地暗——为了逝去的爱情。"

常明泪眼闪烁。我们默默地干掉一杯酒，他接着说："那时候，我的身体已经相当虚弱。我打算一直走下去，走向爱情的地老天荒。就在告别藏羚羊的当天下午，我下意识地偶然一次回头，突然发现身后跟着一条狼。那是一条瘦骨嶙峋的老狼，眼睛浑浊无光，脑袋无力地耷拉着，身上凌乱的背毛枯草一样干燥晦暗。它大概有一段时间没有捕获到猎物了，它用渴望而饥饿的眼神望着我，我走它走，我停它停，始终保持十几米远的距离。我们差不多势均力敌。由此足见它的狡猾——它在等待着我的生命之火最后熄灭，然后不费吹灰之力吃掉我。

"我清楚地意识到了自己的结局。按我当时的心境，如果被一条健康的狼吃掉，倒也认了。但让这样一条丑陋的狼吃掉自己，怎么都感觉死得醌龊。在我生命的绝境中，那条偶然出现的狼唤醒了我本能的求生欲望。为了尽早走出荒漠，我扔掉了所有行李，只把剩余不多的水和干粮带在身上。

"尽管十分节省，三天后，水和干粮还是用光了。饥渴难耐，有几次我突然回头袭击那条狼，每次都被它逃掉了，它依旧保持一定距离跟在我的身后。那时候我已经虚弱不堪，神智昏迷，我们追逐的样子就像两个趔趔趄趄的醉汉。

"靠偶尔能捕捉到的蜥蜴和挖草根果腹，我又坚持了几天。我神智清醒的时间越来越短，跌跌撞撞地朝着未知的前途奔命。摔倒，爬起来；再摔倒，再爬起来。我极其疲倦，但生命拒绝死亡，仍然支撑着我往前走。那条狼的情况也比我好不到哪里去。有一次，我在昏迷中隐约听到耳边有呼哧呼哧的喘气声，我突然惊醒，把那条狼吓得一瘸一拐地往后跳，它太虚弱了，一个趔趄摔倒在地。其情景令人捧腹，但我并没有感到好笑。

"大概两天后，我终于看到了一座蒙古包。最初我以为那是幻觉，因为那时我的眼前经常出现各种幻觉。我想喊，但喊不出。在一次爬向蒙古包的长时间昏迷中，我感觉有舌头在舐我的手——那是狼在试探——狼的耐性大得可怕，而人的耐性也毫不逊色。从断粮那天起，我们一直都在寻找机会攻击对方。我等待着。当那条和我一样奄奄一息的狼用尽身上最后的力气，努力地把牙齿插进我的手背的时候，我顺势攥住了它的下巴。一切都很缓慢，狼虚弱无力地挣扎，我的那只手虚弱无力地攥着。这样僵持了足有半个小时，我终于把身体压在了狼的身上……"

"后来呢？"我好奇地问。

"喝过狼血，爬向蒙古包，好心的牧民救了我！"

　　故事讲完，常明已经泪流满面。他下意识抹了一把脸，然后说："这么些年，你知道我怎么过来的吗？"他自问自答："从可可西里回来后，我被学校开除了。为了谋生，我在建筑工地当过小工，摆过地摊，擦过皮鞋，甚至给饭店刷过盘子洗过碗。每当遇到挫折的时候，我就会想起可可西里的遭遇，感觉背后有一条狼在虎视眈眈——你要么被狼吃掉，要么战胜它……"

上大学去

○范子平

　　我们从没有做过上大学的春梦，不是说我们还小，正在上着小学，就是大，就是上高中，我想我们也不会梦想上大学，因为我们村从来就没有出过一个大学生。不过我们不上大学但一般都上小学，可是这小学上得又不安稳，谁的家里要用劳力马上就叫他们的孩子辍学，所以，我们一个班在一年级时有十三个人，到了六年级，就剩下我们五个了，都姓王，都是本家自己人，还是王连喜的班长。没有我们不敢办的事，都说我们"捣蛋得欺天"，就连班主任也气病了，回城一看病再也没回头。过了好几个星期，学校就换了同村同族的王敬民来教我们。王敬民三十多岁，高高的个子，别看他比我们大十几岁却是我们的晚辈，论辈分我是叔叔，王连喜他们四个就是爷爷了。王敬民上课讲得很有意思，总而言之就是故事开路先吸引住你再往下讲课，这个我们真的很欢迎。可是他叫做作业我们就不高兴了，因为我们已经两年没有做过作业了。他给我们几个人都打了不及格分又在课堂上批评，我们可就恼火了。王连喜就喊：过来，过来，我是爷爷我叫你。王敬民无可奈何，因为我们村就一个族，村里老人对辈分还挺重视的。我们几个就越发调皮，齐喊：现在是四个爷爷一个叔叔集体处罚，王敬民马上过来！王敬民只好过来按照我们的要求把腰弯下，我们伸出食指和拇指弯成一个圆，每人依次在他头上弹了一桃。王敬民夸张地哎哟着，说：你们这些捣蛋虫！他没说下去，我们毕竟是长辈，他没有办法。

第二天来上课，王敬民突然说：你们想不想上大学去？上大学去？这是不是那天我们在他头上弹桃下手太重弹成了神经病？我们会有上大学的命？再说我们才上小学六年级跟大学不是十万八千里！我们就笑嘻嘻地说：想是想，就是太空想。王敬民一下子摆出了晚辈人的随便来，大喊：走，咱上大学去。不由分说拉着我们上了一辆客货两用车。朝城里飞快开去。看着两边的树木飞快朝后跑去，我们可得意了，上大学不上大学，这个旅游就比掏鸟窝比挖田鼠洞比捉水蛇都有意思多了。

没想到王敬民真的领我们去大学。这所大学还是全省很有名的一所大学，只是没有在市里，在距离市区有十多公里的地方。首先那个大门就气派得叫人吃惊。门岗在屋里并不出来，汽车来了电动栅栏门会缩起来让路。王敬民经过一番交涉，领我们走进了大门（王敬民交涉时，我们才知道他的高中同学在这里当副校长）。嗨，还真是从没有见过这样好的地方！绿油油的草地上伸着长颈灯；路边一丛一簇的鲜花沁人心脾；石板铺就的甬道上青年人三三两两拿着书本散步；高大的楼房上美丽的玻璃幕墙像是神话里的宫殿一样；教室里，大学生们看着大屏幕电脑听老师讲课；图书馆里，好家伙，一格格一柜柜的书本快把我们的眼睛看花了；电梯呢上上下下头脑有些晕乎像坐飞机一样；实验室里，瓶瓶罐罐还有不知名的仪器高高低低，酒精灯吐着蓝色火苗；还有广阔的体育场，篮球足球排球在飞上飞下……大学真大呀，大学真美呀，我们的心震撼了，小脸严肃起来，一种莫名奇妙的激动，在血管里膨胀。

王敬民说：咋样？

王连喜说：这个，这个，真是比天堂还好吧。

我说：在这个地方让我过一天也是一辈子造化。

王敬民说：要说，这里边出来的大学生，机关、学校、工厂、解放军都抢着要，为啥？人家有本事。像咱开后门人家也不要。比方咱村的支书，又是送礼又是说好话，儿子才安排到县电缆厂，还下了岗。这个大学的毕业生，挺起胸膛做人，到处有人抢。自己饭碗铁不说，还光荣，给国家做贡献大！你像咱借用县农场的自动收割机，就是这里发明的。那算是小发明，大小发明这里一年几百项！你们想在家窝窝囊囊过一辈子，还是想上大学，做大事，给国家做贡献，自己过城里人好日子？

我们一时忘了自己的长辈身份，一起回答：想上大学！

王敬民说：那就好，上大学就得好好学，认真听讲课，往心里听，认真做作业，往心里学！得靠你自己用心！得靠你自己吃苦！

当我们朗朗的读书声响彻在小村上空时，去地里劳动的好多老少拐这里看热闹，说：王敬民真有本事，咋把这几个捣蛋泥猴制服了？

一晃六七年过去了，我们这一班的五个同学，真的都考上了大学。每年过年回家的时候，我们都去看望王敬民老师。我们规规矩矩，恭恭敬敬。王敬民老师开玩笑说：别这样，你们还是长辈呢。我们全都不好意思地笑了。但这话只能王老师说，要是别人说，那就是揭我们的疮疤，我们就该跟他急了。

丁小麻子

○青　铜

光州无人不识丁小麻子。

丁小麻子腊黄脸，三绺长须，只因娘胎里带了一脸坑洼，乡人便以麻子相称。呼来唤去，真名倒给唤丢了。

按说，丁小麻子的麻子也不比谁的小，大的赛豌豆，小的也大过芝麻，为何字号里多出个"小"字来呢？他原本有个孪生哥哥，据说也是一脸麻子。

丁小麻子猴精。

有一回，丁小麻子跟着哥哥赶集。集东头有个张六，卖麻花。丁小麻子口馋，可兜里没钱。丁小麻子就拉了哥哥到一个茅厕里头，这般这般地说了，要赚那麻花吃。交待完了，丁小麻子来到张六摊前，大咧咧地说，这麻花，个儿怎么这么小啊？我不费劲就能吃你半筐。

张六不高兴了，说，癞蛤蟆打呵欠，你好大的口气！

丁小麻子撇撇嘴，说，不信？不信咱打赌。

旁边赶集的人一听，就都围拢过来看热闹。

张六见人围得多，心想，怎能输给一个小孩子？便说，你要是能吃完了，我分文不收！你要是吃不完，我也不要你钱，你跪下给我叫声爹。

丁小麻子一口应承，就摆开了阵势，吃。嘎嘎嘣嘣地嚼了半天，实在撑不下了，就说，我去尿一泡。张六见茅厕没几步远，心想，也不怕你尿遁，就放他去了。

丁小麻子进茅厕，换了丁大麻子来吃。兄弟俩是一个模子倒出来的，又都是一脸麻子，别说张六，亲戚邻居都分不清。就这样，张六白赔了半筐麻花。

后来，丁小麻子就跑江湖去了。没几年，江湖上的骗术就学得全了，碰瓷、种金、相面、行巫，无一不精。但丁小麻子觉得这些太低级，只耍大的。

丁小麻子行骗，从来不在家门口儿。

这日，淮南运河码头新开了家布庄。掌柜的姓王，打滁州来，听说运河码头兴旺，特地来赶这个生意场。这王掌柜是个面上人，初来乍到，便撒了帖子，大张旗鼓地宴请当地官绅、名流、各大商号掌柜。这叫"拜码头"。

这王掌柜也是生了一张腊黄脸，三绺长须，透着十二分的精明。只是，一脸的大麻子很不耐看。酒宴上，王掌柜跟各位都唱了喏、问了安，便安心做起了生意。

王记布庄生意很火，三天两头进货出货。相比之下，码头上几家布庄却显得萧条了。便有心赶王掌柜走人，只是人家先拜了码头，撕不开面子。

如此过了三个月。忽然来了位金爷，自称打商城来，急需两船杭绸。商城地处大别山腹地，水陆交通不畅，当地商号多在淮南走货。这位金爷打听到王记布庄的场面大，就直接去了。王掌柜二话不说，接下了这单生意，只说量大，得等两天。

金爷付了五百两订金，便在高升客栈住了下来。

消息很快传出。码头上几家布庄眼红，想把生意抢过来，便齐聚到何记布庄商量。商量来商量去，只有一个法儿：翻脸，赶人。于是他们便齐到王记布庄来。

何掌柜说，靠山吃山，靠水吃水。您王大爷总得给我们留口吃的。强龙不压地头蛇。王掌柜无奈，便说，小号挡了各位爷的财路，也是始料不及。这样吧，我还回滁州去，不给各位爷添麻烦。只是，小号还有几千匹存货，也不好带回去，烦劳几位爷给兑点盘缠吧。

几家布庄的掌柜见王掌柜如此好说话，便应允了，当场清点布匹，付了银票。王掌柜就退了铺子，退还了金爷的五百两订金，当夜乘船走了。

几家掌柜便顶着星星去找那位金爷。金爷是买家，有的是银子，缺的是杭绸，买谁的不是买？当下就敲定了，照旧付了五百两订金，只是限定了三天时间。

有了生意，几家布庄的掌柜又犯愁了：存货不够，到哪儿弄两船杭绸去？便是去杭州进货，三天也不可能打个来回。正犯难呢，次日，码头上忽然来了一艘江船，清一色拉着杭绸，说是人家订的货，运往徽州去的。

几家布庄的掌柜瞌睡遇上个枕头，哪肯轻易错过？未及仔细查验，便强买了那船杭绸，只是价给得高些。加上各家存货和从王记布庄趸来的货，好歹凑够了数。

江船卸了货，也就启了锚，顺流去了。

当下，几家布庄的掌柜便齐奔高升客栈去寻金爷，却是人去房空！店小二说，那位金爷一早就退房走了。

几位当场就傻在那里。想到那船杭绸，赶忙回去查验，却有一多半是以次充好的假货。细一思量，方明白了，那王掌柜和"金爷"是一伙的！人家费时三个月，设下了一个天大的"连环套"骗局，来诈自己。

几家布庄元气大伤，不久，便纷纷摘了幌子。

事过经年，有客从光州来。听闻那王记布庄的掌柜一脸麻子，便笑了，说，栽在丁小麻子手上，不冤。

驭 手

○丁新生

新郑县吕公寨有个姓吕名老五的人，祖传三代驯马，名震八县，堪称高手。

清宣统末年，禹州神镇康老财重金购回一匹黑马，准备驯好专拉轿车。无奈黑马性极烈，三名驯马人均被咬伤，无奈请来了吕老五。

吕老五来到康家后院，看到黑马，不由暗暗称奇。只见它身高七尺，浑身上下如炭，无半根杂毛，腿如柱，蹄似碗，一派千里驹之相。此时，黑马不屑看了他一眼后把头仰得高高的。吕老五右手握鞭，顿时胳膊上青筋凸起，长鞭一举，手腕猛甩，长鞭犹如蛟龙出海，"啪"的一声，似空中响起爆竹。黑马一惊，嘶吼数声，似箭一般，跃出数丈，围着院子狂奔起来。忽然又一声鞭响，站在墙外的康老财还没看清怎么回事，只见黑马悲鸣着一头栽于地上，气喘吁吁半天不能站立。吕老五又打了一个响鞭，黑马站起，浑身颤抖，低着脑袋来到他跟前。康老财和家人个个叫好，没想到吕老五一鞭治服烈马。

吕老五说，这叫下马威。要驯好这畜牲，首先让它怕你、服你。

接下来，吕老五开始与马建立感情，这叫着恩威并用。每日他数次外出驯马，经常为它洗澡，梳理马鬃，赶牛虻。对喂马的干草铡得仅有半寸，选的料豆皆是上等黑豆。晚上，黑马刚刚把草吃完，他就会起床添草加料。这时，黑马咴咴轻叫几声，目光变得柔和起来。

拉轿车的马经常出入热闹场所，须有好的站姿和胆量。站姿欠佳，人家会笑话主家。无胆量，鞭炮声响马会受惊，难免闯祸。因此，这成了驯马的难题。不过，吕老五自有办法。每日他解下马笼头，让马站在四块砖上，始终保持仰头撅尾的姿势。按他的说法，叫着练站功。此时，他则坐在一旁吸烟喝茶。时间一长，黑马显得不耐烦，便会四蹄离砖。这时，吕老五一甩长鞭，黑马臀部就裂开一条细缝，鲜血涓涓流出，黑马便重新踏到砖上。过上数月，在黑马前燃鞭炮、放三眼铳、打排枪。时间一长，黑马对其声响充耳不闻。吕老五夸下海口，说，就是放大炮，它也会像匹木头马，即使在它臀上扎一刀，黑马也能站如松，稳如钟。

半年过后，黑马被吕老五驯得好似绵羊一般，成为一匹优秀的拉轿车之马，乐得康老财眉开眼笑。吕老五离去那天，特摆宴为其送行。席间，一丫环匆匆赶来，说，老爷，少爷又犯病了！康老财无奈叹了一口气，吩咐快去请郎中来。吕老五问道，为何不去郑州看名医？康老财说，世道混乱，担心出些闪失。吕老五说，黑马乃一良驹，一旦奔腾起来，枪子也难追上，即使有强人，也休想拦住黑马！康老财沉思半天，说，那就麻烦老五了。

第二天，康老财和少爷登上轿车，并带了两个家丁，直奔郑州而来。吕老五手摇长鞭催马前行。平坦之路，黑马四蹄生风，渡水登岗，如履平地。一路上，车稳如舟，康老财十分高兴。两个时辰过后，来到岊山脚下。康老财望去，只见官道蜿蜒，路两旁杂草丛生。他的心一下提到嗓门，忙吩咐吕老五催马快走。吕老五长鞭一甩，黑马拉着轿车飞也似的上了山路。康老财只觉耳边生风，路两边矮树一闪即过，两个家丁手持长枪，虎视眈眈注视着周围。不一会儿上了半山腰。忽一阵枪响，一家丁身亡，另一家丁中弹受伤栽于车下，吕老五忙吆住黑马，跳下车救人。这时，从草丛中钻出一群土匪，嗷嗷叫着冲上来。康老财忙喊吕老五上车，可他吓得浑身如筛糠一般，站立不起。他只得吆马快走，无奈黑马昂首撅尾，站立不动。他忽地抽出匕首朝马臀上刺去，黑马嘶鸣数声，却又稳稳站立。康老财不由叹道，完了，完了！

这时土匪围上来，大驾满脸胡须，腰插短枪，道，没想到碰上大财神爷！到山里稍住几日吧，待家里送来银子，即可下山！说完，令小匪押康老财父子离去。一小匪望着瘫在地上的吕老五问，大驾，把这个车夫宰了吧？大驾细看，哈哈大笑，说，原来是吕兄啊！谢谢你帮了我的大忙啊！他双手抱拳摇了摇，扔下一块银元，扭身离去。

半天过后，吕老五胆颤心惊地爬起来，看到黑马仍昂首而立。他不由感到一阵悲哀，拾起长鞭，将其折断，掷于地上，长长叹了一口气后离去。当他爬上山头，回头望去，黑马仍呆在那里，犹如一尊黝黑的泥塑。

我是谁

○安　勇

父亲在藤椅里。藤椅在天井里。天井在房子里，幽深地陷落着，如一口陷阱。父亲坐得很哲学，符合他哲学家的身份。一缕失足的阳光，跌了进来，正落在父亲的身上。我走过去，用身体搭救起夕阳，希望它能逃出去。

哼！声音发自父亲的鼻子。含义很复杂，其中包括对我挡住他阳光的不满——"你来了？""你怎么来了"等诸多意思。

我想和他好好谈谈，在此之前我一直没有勇气和他交谈，我是他的好儿子是妻子的好丈夫是儿子的好父亲是单位的好职工是社会的好公民，我不想给包括自己在内的任何人惹什么麻烦。但现在我需要问他一件事情。

我是谁？

父亲不回答，愣愣地看着我，好像我是个怪物。

请您告诉我，我是谁？这是个哲学上的问题，而您是一位哲学家。我很固执，不想轻易放弃。

你是谁？你说你是谁？

我想了很久了，我真的不知道我是谁，所以才来问您。

你是王一。

王一是我的名字，如果当初您不叫我王一而叫我王二，那我就是王二了吗？王一只是一个代号，而不是我。我究竟是谁？

你是我儿子。

我承认我是您儿子，这是一个无法改变的事实。但，如果您去世了呢？我是不是就不存在了？

你是夏晴的丈夫，是王小的爸爸。

如果当初我没有娶夏晴，又没有生王小呢？这种可能性不是没有的，这样的话，我是谁呢？

你是中华人民共和国的公民。

您也是中华人民共和国的公民，但您不是我。如果当年您留在美国不回来的话，我就是美利坚合众国的公民，所以，这不能说明我是谁。

你是辽宁省沈阳市物资贸易公司的一名业务员。

这是我的职务，我的工作。我们公司有许多业务员，但他们并不是我。

你是我的儿子是夏晴的丈夫是王小的父亲是辽宁省沈阳市物资贸易公司的业务员是中华人民共和国的公民，这一系列的社会关系的总和就是你，一个叫王一的人。马克思说，人是一切社会关系的总和。

假如我一生下来您就去世了我无妻无子没有工作我像鲁宾逊一样漂流在孤岛上，那么我是不是就不存在了呢？

事实上这些假如并不存在。

但有可能存在。

父亲离开了藤椅，不知为什么在藤椅上踢了一脚，藤椅在天井里怪异地旋转着。

我笑了，笑得很灿烂。多年以后我回忆那晚的夕阳时，我固执地认为，夕阳正如我的微笑。

既然您不知道我是谁，那么您能否告诉我，您是谁？

我是谁？

是的，您是谁？您是个哲学家，但却没有自己的哲学思想讲的都是别人的主义。您是我父亲但却不知道自己的儿子是谁。您说，您是谁？

我是谁？我是谁呢？我到底是谁呢？

现在我住在一个雪白的房间里，我知道这里是精神病院，但我不认为自己得了病，我无非是想问一问，我是谁？

我的隔壁住着一位老人，他每天和我一样不停地问别人，我是谁？

我知道他是谁，从某种意义上讲，他是我的父亲。

医生说，治好你们的病，唯一的方法就是别问自己是谁，事实上你谁也不是，只是一堆碳水化合物。

暗　号

○曹德权

　　这是泉城临解放的前夜发生的故事。这个故事的主人公叫叶大壮。叶大壮是新四军三师的一位排长，战斗中负伤后转移到后方治伤。伤好后，因地下斗争的需要，他留了下来，并被安排打入泉城敌城防司令部任参谋，以后又打入防总情报机关侦防处担任中校副处长。

　　泉城临解放的前几天，敌特机关十分疯狂，大事抓捕中共地下党员，大量枪杀被捕的地下党员和民主人士，尤其是保密局泉城站，几乎每天都在紧张地抓人杀人。就在这个时候，叶大壮接到上级的三 A 级紧急情报和命令：地下党策动国民党钱江号军舰起义的情况被保密局侦知，已派出老牌特务率一群杀手前往泉城，准备登舰捕人，要叶大壮务必设法撤出舰上的地下党同志，并保护他们的安全。

　　叶大壮接到这一紧急命令后，已经迟了，特务们已乘车出发，赶往军港。狡猾的保密局泉城站已通过防总侦防处处长，获知了侦防处设在军港的特派员接头暗号：南山起风，泉城有雨。

　　叶大壮抬腕看了看表，根据中吉普的最高时速推算，再有两个半小时，保密局特务就会在侦防处特派员的协助下，对军舰上的地下党员实施抓捕行动了！

　　叶大壮一拳砸在桌案上，长叹一声，焦急地在室内转着圈子，考虑着怎样应付这危急场面。他脑子里满是三个字：怎么办？怎么办？要救出自己的同志，必须抢在特务们前面动手，现在已不可能了！

怎样才能迟滞特务们的行动呢？谁能做到呢？叶大壮想到这里，突然脑子里一亮，有了！他操起电话，劈头向侦防处设在军港的特派员室去了个电话，向特派员下达了一个紧急命令："本系统暗号泄露，前暗号撤消，改新暗号为：有白兰地吗？这里没有，家里有！"

叶大壮下达完命令，他知道这个命令三小时后会给他带来什么！他拉开抽斗，取出手枪，抓了几个弹匣放进裤兜，又从墙上取下一支 M4 美式冲锋枪，快步出了门，跳上一辆中吉普，便向军港急驰而去。

保密局的特务赶到军港后，急步冲进侦防处特派员室，为首的特务急切地向特派员对起了暗号："南山起风。"

特派员严厉地逼视着特务们，冷笑两声："妈的，什么南山起风?!"他一挥手，侦防处的特务霎时围了上去，抬起 M4 冲锋枪对准了保密局的特务！

保密局的特务大惊，霎时僵持在那里，为首的特务气急败坏地掏出证件，向特派员怒吼道："我们是保密局的，来抓军舰上的共产党！你们谁敢阻拦?!"

特派员霎时被激怒了："嗨，你保密局有什么了不起？这里是军事单位，归我们防总侦防处管，你们在这里来耍什么威风?! 我看你就是个冒牌货，连暗号都对不上来！"

特派员一声令下，将保密局特务的枪下了，把他们关进了一间地下室。

叶大壮赶到了军港，将军舰上的同志"抓"了起来，押回侦防处，在归途中，他将车停下，微笑着紧紧握着他们的手："同志们，你们赶快撤上山去，再有两天，泉城就会回到人民手中了！"

叶大壮同地下党的同志握别后，驱车又返回军港，他想利用自己特殊的身份完成其他同志没来得及完成的任务。但这次他迟了五分钟，五分钟之前，侦防处长向军港特派员室打来电话，询问抓捕共产党的情况，弄清副处长叶大壮下令改变暗号的情况，大惊。命令特派员率特务务必抓住或击毙叶大壮！

叶大壮还没冲到军港，追他的车已向他迎面冲来，枪弹随即雨点般向他射来……

叶大壮牺牲了，牺牲在泉城解放的前夜。

丈夫的"豆腐渣"

○陈　敏

　　我站在省美术馆展室的一角，注视着人群中忙碌的丈夫。他穿着一件绿色的迷彩褂子，和他的三个弟子从电梯里推出了一辆大板车，径直走向一个空出的展位。

　　板车里放着一个巨大的冰柜。冰柜盖子打开，一组完整的建筑模型被小心翼翼地抬了出来。模型在出箱氤氲的雾气里被人七手八脚地摆上了展台。

　　模型建筑群的外观看上去气势恢宏的，雕工细腻逼真，几乎看不出人工雕琢的痕迹。

　　这是市里举办的一届名为"关注当下"——亚太地区建筑与环境的现代艺术大展。展厅里挤满了形形色色的参展者和参观者。各种参赛艺术品从一层摆到八层，顺着旋转楼梯鳞次而上。有利用现代光纤合成技术创造的"海市蜃楼"，有钢铁与废品焊接组合的超级写真场景的"城中村"，也有普通砖瓦拼接的小轿车、装载机，更有垃圾和废品搭建的"童话世界"，还有用噪音和强光组合的"声光场"……应有尽有，五花八门，看得让人目眩。

　　回头看丈夫从冰柜里掏出的展品，丈夫的"杰作"高傲地耸立在那里，周身散发着云雾缭绕的冷气，似乎和这闹哄哄的暖房子极不协调，相比之下，它好像有些与众不同，显得有些神秘，也有点高贵。

围观的人越来越多,各种摄像机也都聚了过来。当人们的目光还没开始从它的身上移开的时候,这座气势恢宏的建筑物却在漫不经心地变化,它在一点一点消融,发出细微的裂变之音,敏锐的耳朵不难听出一种融雪滴水的坍塌声响……噗蹋噗蹋……大厅里温热的空气让冰柜里抬出的模型冰质开始融解。

回头再看,刚才冷傲的标志性建筑模型像一团奶油,唏唏溜溜地融化了。细细查看模型质量,原来制作这座华丽建筑模型的材料竟然是人们寻常食用的豆腐。冰冻过的豆腐孔眼扩张,如同海绵。现在冰消了,它就开始坍塌倾覆,一副破败的凄凉惨状!

坍塌后的建筑物里赫然显露出了一个人所共知的名字:"豆腐渣"。

模型是冻豆腐做的!

"豆腐渣,豆腐渣工程,太有创意了!太有才了!"

"哈哈哈——"

我似乎看见一展厅的人都在笑,还听到零星的掌声。有不少外国人前来给"豆腐渣"竖大拇指。

而此时,我的丈夫也像这座模型一样塌陷了。他的手耷拉在胸前,眼巴巴地望着,失落的眼神有两道灰色的光放出,照耀着那堆惨败的豆腐渣雕塑。

坍塌分明是自己追求的效果,塌了就成功了,现在效果产生了,自己却失落得一败涂地。这是多么的自相矛盾。

他把自己的灵魂注入了那座雕塑模型,现在模型坍塌了,他的魂也散了,没有人了解一个艺人此时此刻的复杂心境。

完成这件参赛作品花了他六个月时间。半年了,我们只见过两次面。他怕打扰,干脆断掉了一切可能和他联系到的方式。我甚至只能从他的徒弟那里偶尔获得他的一些消息,知道他在哪里,在做什么,仅此而已。

我为此装了一肚子的怨恨和不满,决定在他展出结束后,作为礼物一起送给他。而此时，我坚硬的心也随着他冰冻的雕塑，一同消融了。

巨大的展厅里，三三两两的艺术大师在踱着步子。相隔千山万水，只为着一个共同的梦走到了一起：用他们手里的刻刀，刻出了人类的理想，人类的忧伤；用手中的雕塑锤，锤击生活的不公与邪恶。

眼前的一切让我的双目抵挡了所有的俗气。

一种悲悯弥漫而来，我穿过人群，走向瘫坐在大厅角落的丈夫。

我看到他高挺的鼻子和失落的眼神一起慢慢扬起，吃惊无辜地看我，像做了一件错事，看得我心软。半年不见，他老得出奇，也消瘦得厉害，头发很长，胡须也白了不少，迷彩服上沾满了黄色的尘土，多像美军从地洞里挖出来的萨达姆啊！

我的心，一种很深的痛滚涌而出。

我一抱搂着他的腰，说：我们回家好吗，我好久没给你做饭了。

坐车进城

○邵孤城

秦巴子进城，走着走着，看见前面有一群人。这些人是在等车。

秦巴子手伸进兜里捏了捏。这时候，一辆车来了。秦巴子挤进人群里，争先恐后地抢着上车。秦巴子上了车，车子里很拥挤。别说座位，连走道上也站满了人。

车门关上。售票员开始叫着卖票了："上车的买票了啊，买票了！"

"快买票了啊，买票了！"

人群里骚动好一阵！好一阵骚动过后，平静下来。售票员又开始叫了："还有一个，谁？没买票，快点买票！"售票员的声音听起来有点嗔怒。

车厢里的人四下打量着，最后，所有人的目光都投向了秦巴子。

"大爷，你，还没买票？"

"没买呢！"

"该买票了。你要去哪？"

"我知道该买票了，可我忘了带钱。"

"你没带钱怎么就上车了，快下车回家拿钱，拿钱了再进城！"

售票员回头对司机说："停车，让这位大爷下去，他出门忘带钱了！"

司机慢慢减速，然后刹车，车子前后摇了两摇，停了下来。

秦巴子只好下了车。看着那辆车抛下他后扬长而去，秦巴子狠狠地啐了一口，"这些开车的，良心全让狗吃了！"

秦巴子继续进城，走了没多久，他又看见前面有一群人。

秦巴子加快脚步向那群人走去，和他们一起站在那里等车。

车来了。秦巴子上了车，车子里很拥挤，别说座位，连走道上也站满了人。

车门关上。售票员开始叫着买票了："上车的买票了啊，买票了！"

"快买票了啊，买票了！"

人群里骚动好一阵！好一阵骚动过后，平静了下来。

售票员又开始叫了："还有一个，谁？没买票，快点买票！"

售票员的声音听起来有点嗔怒。

车厢里的人四下打量着，最后，所有人的目光都投向了秦巴子。

秦巴子左右掏着口袋，掏着口袋想掏出点钱来。掏了半天，秦巴子说："同志，我的钱包给人偷了！"

"你怎么一上车钱包就给偷了呢？"

"我上车的时候钱包明明在的，可现在怎么也找不着了！"

"钱包偷了你就该报警！现在这世道，不报警不行！"

售票员回头对司机说："停下车，停下来让这位大爷下去，他得去报警！"

司机慢慢减速，然后刹车，车子前后摇了两摇，停了下来。

秦巴子只好下了车。看着那辆车抛下他后扬长而去，秦巴子狠狠地啐了一口，"这些开车的，没一个好东西！"

秦巴子继续进城，走了刚一会儿，就看见前面站着一群人。秦巴子赶紧跑过去，和那群人站到了一起。就这样，秦巴子又一次上了车，车开出一段路，又一次给赶了下来。

秦巴子就这样上车下车进了城。

进了城，秦巴子还不知道进了城。秦巴子看见面前的一幢大楼，"这是哪啊？这不是电视里的市政府吗？只有城里才有市政府啊！"

什么是沙漠中看见绿洲，秦巴子说："×××，这就是沙漠中看见绿洲！"

秦巴子逢人就打听东风机械厂怎么走，到了东风机械厂，在门卫室登了记，进去了。

秦巴子在一个车间门口左右张望了两下，瞅准一个年轻人喊："军……"

年轻人赶紧跑出来："爷爷，你怎么来了？"

秦巴子手伸进兜里掏出一个纸包，拉过孙子的手，一把拍进手心里，说："拿好了！"

"我怎么能拿爷爷的钱呢！"

"你不拿我的钱，谁拿我的钱？"秦巴子忽然看见孙子的手受伤了，"你的手……"

"没什么，一点轻伤。"

"每次见你，没有不带彩的。这活真不是人干的，要不，军，咱不干了，跟爷爷回家！"

"这哪行，多赚了钱，才能把债还了。我爸临终前说过，工程欠下的钱，哪怕剩最后一分，也要还清！"

"你爸都不在了，再说，你爸也没给打欠条……"

"那是我爸，乡亲们才借的钱！我爸说，那都是乡亲们的血汗钱啊！"

"那是，那是！"秦巴子看着孙子的手，"加上我给你的，还剩多少了？"

"不少！"

"嗨！"秦巴子叹息着，"那要不你去忙你的吧，我还得赶紧回去，今天得给家里的母猪配种呢！"

看着孙子回去了，秦巴子也转身离去。走了没几步，听见孙子在叫他：

　　"爷爷，路上小心！"

　　"放心吧，你爷爷今天是坐车进的城！"秦巴子回过头，"呆会儿，我还坐车回去！"

玩　锤

○张国平

二印左腿抬起，双眉一拧，来个金鸡独立，一块蓝色大砖紧紧握在手里。

大老黑单腿下跪，头顶上顶一摞蓝砖。

二印忽地扬起蓝砖，风一样奔过去，那块蓝砖狠狠地朝大老黑头顶砸去。

大老黑紧闭双眼，头顶上一摞五块蓝砖，立刻成了鸡蛋大的碎块。

真是铁头。观众一阵唏嘘。这就是二印和大老黑表演的保留节目"粉身碎骨"。

老井人管练武不叫练武，也不叫武术，叫玩锤。那年头日子又穷又单调，除了几个雄赳赳气昂昂的样板戏，再没有其他娱乐项目，于是逢年过节玩锤者的武术表演便成了老井人的一道大餐。

"粉身碎骨"是每年必演的，而且非二印和大老黑莫属。这节目有两大要点，一是顶砖者必须有真功夫，二是拍砖者必须身手敏捷，不然把顶砖者的头砸成窟窿，那一摞五块大砖也不会粉碎。大老黑是练硬功的，但没有二印风一样的速度，这节目也白搭。

按说这节目本不该二印和大老黑俩人演。二印家成分高，地主，虽然二印的爷被批斗死了，但地主的大帽子还是压得二印抬不起头来。大老黑家是贫农，大老黑的爷爷还是二印家的长工。说长工有点牵强，大老黑的爷爷会玩锤，给二印的爷爷看家护院。二印和大老黑光屁股时就跟大老黑的爷爷练武，从小打下了深厚的武术功底，所以"粉身碎骨"绝非一日之寒。

队长三发子曾建议大老黑换一个人配合，觉得让地主砸贫农的头总不是那回事。大老黑摇头，说换人他就不演了，谁都比不上二印的身手，换其他人非演砸不可。换人大老黑不同意，不演群众不答应，队长三发子就只好睁一只眼闭一只眼。

那年头是很讲究成分的，尽管二印和哥哥大掌光屁股时就解放了，俩兄弟根本没沾剥削的边，但地主羔子的名分是没有谁家的闺女肯嫁给他们的，所以大掌和二印都二十多岁了还是两条光棍。

脸膛黝黑的大老黑粗中有细，盘算着给大掌和二印撮合亲事，总不能让他们一辈子打光棍吧。大老黑的老婆拧了半天眉头，终于想起一个人，娘家石磙的闺女秋花。秋花不憨也不傻，只是模样有些蠢笨，而且是个瘸子。像大掌和二印的情况也不可能再过多挑剔，大老黑给二印一说，二印满口答应。

哥哥不成家弟弟不能娶，姐姐不出门妹妹不能嫁，豫北人很讲究这个。二印要把秋花先让给哥哥大掌。大掌却要让秋花嫁给弟弟，大掌说二印人机灵，人缘也好，秋花应该嫁给他。

大老黑的老婆把大掌和二印的情况给秋花讲了，让秋花自己挑。秋花把花扎巾朝脸上一遮说，二印。大老黑的老婆故意逗秋花，没见过面，没说过话，你咋一口咬定二印了？秋花脸色一红说，俺咋没见过？二印会玩锤。每当有武术表演，三里五村的人也过来看，把老井村挤得如大集。大老黑的老婆这才想起来，秋花兴许早看上二印了。

大老黑的老婆回来一讲，大掌和二印都很高兴，哥哥也好弟弟也罢，只要人家不嫌弃咱成分高，能嫁过来就中。

一转脸就进了腊月，过了腊八武术表演就开始了。再过十天秋花就过门，别人当爹的年龄二印才捞上媳妇，心里美得不行。人逢喜事精神爽，除了"粉身碎骨"演得满堂喝彩，二印身轻如燕，跟头也翻得如风车一般。大掌挤在人堆里，高兴得也把嘴角咧到了耳朵根。

二印有武术表演，二印的婚事筹备都是大掌一手操持的。大掌拿出所有积蓄买了一扇猪肉，二印成亲这天凡是来祝贺的人，每人一大碗杂烩菜，外加六块肥肉片。那年头能吃上几片肥肉已经是很美的事了，所以二印成亲这天，院子里挤成了人堆儿。

这天队长三发子的儿子也成亲。与二印家的人山人海相比，三发子家就冷清了许多。三发子望着院子里稀稀拉拉的人，脸就变成了猪肝色。三发子躲在屋里抽了一阵闷烟，突然一脚把烟头踏灭，气呼呼地去了民兵营长大梁家。

二印家的客人正兴致勃勃地扒拉着大肉片，大梁突然带民兵闯进来，一把将大掌按在地上。大掌挣扎着问，我到底犯的啥事？大梁说，你不但自己挥霍浪费，还利用时机拉拢人心，难道还不是罪？

二印挤过来忙递烟说，大梁哥别误会，俺这不是高兴嘛。大梁把脸一沉说，谁跟你称兄道弟？还有你，一个地主分子竟敢在贫农头上拍砖，什么意思？也逮起来！

大老黑忙解释，那是玩锤，不是真的。

废话。大梁吼，这不单单是玩锤的问题，是阶级斗争的大是大非，你少糊涂。

不但如此，秋花刚刚过门也被拉出来，站在桌子上，胸前挂上大肉片挨批斗。秋花的瘸腿站不稳，在桌子上不停地摇晃。秋花羞得深深埋下头，身子弯成了弓。喜事办成了这个样子，大家惊得目瞪口呆。

直到三发子的儿子进了洞房，二印家的批斗会才结束。秋花"嗷"一声哭，一瘸一拐地扑进洞房，"嘭"一声反闩上了门。秋花的爹娘听到消息，当天夜里就把秋花接走了，留下一个空荡荡的洞房。

　　大掌和二印商量了半夜，终于咽不下这口气，决定找三发子理论，却正中他的下怀，被守株待兔的大梁逮个正着。大掌和二印被五花大绑送到县里，判了重刑。

　　大老黑再不玩锤，更不演"粉身碎骨"。没有了二印，也没有了大老黑，老井村热闹的年节顿时冷清。三发子动员大老黑多次，说换个人未必差。大老黑只一个字，不。

解　药

○游　睿

　　开州知府刘田园是在一个下午捉到"叛军"头目张一笑的。张一笑是慈禧太后缉拿的头号人物。刘田园想不明白，张一笑是怎样落到自己手上的。朝廷缉拿他好几年也无果而终，张一笑的短枪依旧打得到处响，可他今天怎么竟落到了刘田园的手上？

　　公堂上，刘田园和张一笑四目相对。刘田园说你可知罪？

　　张一笑哈哈一笑，说，早闻刘知府气宇不凡，今日一见果真如此呀。我栽在你手里，值！张一笑又说，罪我倒是知道，你把我送上朝廷我无话可说，但在下有一事相求。

　　刘田园说好歹你张一笑也是一条汉子，有事请讲。张一笑说，实不相瞒，今天大人能够顺利将在下"请"到这里，是有原因的。三日前在下已经身中剧毒，来日恐怕已经不多。久仰大人为官正直，多为百姓着想，我恳请大人直接将在下送往朝廷，否则在下的那些弟兄们若知道在下在大人手中，恐伤及无辜呀。

　　刘田园仔细打量张一笑。此时他嘴唇发紫，印堂发青，额头上大汗淋漓，不像撒谎。刘田园问，张壮士，你中的毒没有解药？

　　无药可解。张一笑说。

　　刘田园挥挥手，也罢。张壮士既然有此要求，我就成全你。壮士一副侠义心肠，若不是与朝廷作对，定能造福百姓呀。刘田园转身吩咐道，来人，上酒，待我与张壮士喝一碗为壮士送行。

酒端上来，俩人一饮而尽。刘田园说，我亲自送壮士上朝廷。给壮士戴上刑具，坐我的马车吧。

两日后，刘田园用自己的马车将张一笑送到了京城。一路上，两人谈古论今，刘田园对张一笑好生款待，一点也不把张一笑当犯人对待。

到达京城后，张一笑被关进大牢。临别之际，张一笑拱手对刘田园道，多谢大人多日来的款待，大人之恩在下一定涌泉相报。说到这里，张一笑突然转过身，大声对身边的衙役们喊道，你们听着，我就是张一笑，我现在已经身中剧毒，恐怕来日不多。不过，我是让刘大人捉到的，如果朝廷不好好奖励刘大人，我死之前什么也不会交代的。张一笑话未说完，却见刘田园的额头上已经大汗淋漓。刘田园说，张一笑，我对你不薄呀，你这样是害我呀。张一笑说，我是真心想感谢大人。说完，张一笑径直走向大牢。

当日下午，刘田园被摘掉乌纱，并被严刑拷打。朝廷要刘田园交代自己和张一笑是什么关系，为什么其他人捉不到偏偏刘田园在张一笑中毒后就捉到他了，为什么张一笑不恨刘田园还要感谢他？为什么刘田园不用囚车押张一笑还用自己的马车送，张一笑路上为什么没有逃跑？经一些奸臣的挑拨，朝廷认定，刘田园就是张一笑的同伙。

后来刘田园被打昏，扔进大牢。刘田园醒来后得知，张一笑已经毒发身亡，尸体刚刚被扔出去。死之前，张一笑一直喊着刘田园的名字。刘田园对着牢壁一声长叹，张一笑呀张一笑，你才是毒药呀，是致我刘田园于死地的剧毒。我和你无冤无仇，你为什么要害我？

张一笑死后，刘田园每天面对严刑逼供。大牢内的衙役对刘田园格外折磨。同时监狱里的犯人对刘田园同样不择手段进行报复。但刘田园在朝廷面前一直没有承认自己和张一笑有什么关系。刘田园说，我一直对朝廷忠心耿耿，从来就没有过外心，你们怎么就不相信我呢？

三日后的一个晚上，刘田园正在牢里发愣，突然听见大牢外一阵喧哗。一阵刀枪之后，几个黑衣蒙面人冲进了牢里，然后劈开牢门，将刘田园救了出去。

在偏远的郊外，刘田园和一个黑衣人面对面站着。

你是谁？为什么要救我？刘田园说。

黑衣人哈哈一阵大笑，忽地扯下自己的面纱。刘田园大呼，张一笑，你不是已经中毒身亡了吗？

张一笑笑着说，我是已经中毒，但那毒是我自己下的，所以解药我早就吃过。我只不过在他们面前演一演装死的戏罢了。

可是，你却害惨了我。我和你无冤无仇，而且一直对你不薄，你何以让我沦落到今天？！

大人此言差矣！张一笑说，刘大人对朝廷忠心耿耿。我张一笑只不过略施小计，他们就那般对你。如今的朝廷是什么模样，大人心里应该有数了吧！刘田园摇摇头，说，也罢，看来你是故意让我捉到你的。

张一笑笑着说，兄弟们仰慕大人已经多时，小人不得已才想到对大人下"毒"呀。如果大人实在不愿意，我这里有一些盘缠，请大人保重！说完，张一笑转身欲走。

等等，刘田园对着张一笑的背影喊了一声，追了上去。

更 正

○陈力娇

　　迈迈的儿子天生很木讷，是个极其听话的孩子，不像迈迈说起话来疾风骤雨，说完拉倒，心里丝毫不留芥蒂。迈迈的儿子轻易不发表自己的观点，他把他的想法全部藏在他眼睛的背后。

　　迈迈儿子五岁那年迈迈领他上街，由于迈迈要到一个戒备森严的单位取材料，就让儿子在对面百货商店的北门等她。可迈迈的这次出行非常不顺利，她要到另一个地点找另一个人才能把材料拿到，迈迈心里着急就顾不得儿子，出了门直奔另一个单位。

　　等办完事已经是下午四点多了，天也快黑了，那个地点离家又近，迈迈想这么晚了可能儿子早等得不耐烦了，说不定这会儿已经到家了，就没多想也径自回家。可是等迈迈到了家门口，看到门上的暗锁一点没动，才预感儿子的的确确还没有回来，无奈只有返回百货商店。

　　这时的商店早已下班，路上人烟稀少，迈迈老远就看见儿子孤零零站在商店门外，天空飘着雪花。想儿子一个人站在雪中伴着天黑等妈妈，迈迈心里一阵心痛，心痛之余不禁怒火中烧，觉得儿子真是太死心眼了，这样的孩子你不叫他，他能在这里等一夜，到近前什么也没说扯起儿子一路疾走。

　　迈迈由于心里有气，一路和儿子一句话没说。迈迈不说是因为怒其不争，儿子不说是因为无话可说，他们就那么无声地对峙着，谁也不让着谁。到了晚上，还是迈迈沉不住气了。迈迈首先开了口，迈迈问儿子，为什么不自己回家？儿子说，是你让我在那里等。迈迈想说，我让你死你也死呀？想想这话很晦气，不宜对孩子说，就咽了回去。再说迈迈也觉得这件事责任不全在儿子。

看完晚间新闻，该到辅导儿子功课的时候了，迈迈拿出早就准备好的文章让儿子朗读，儿子很听话，接过就念：城东有个公园，公园里有老虎狮子大象，还有小鸟。老虎和狮子是兄弟，可是它不愿同狮子玩，它总是想去找小鸟，它羡慕小鸟能飞翔。有一天小鸟终于来了，它就对小鸟说，你能教我也飞翔吗？

儿子念到这，迈迈立马对他叫停。迈迈说，错了，重念！

迈迈的儿子听了母亲的话眨眨眼只有重念，迈迈知道儿子在想什么，因为儿子根本就没有念错。

迈迈的儿子又念：城东有个公园，公园里有老虎狮子大象，还有小鸟。老虎和狮子是兄弟，可是它不愿同狮子玩，它总是想去找小鸟，它羡慕小鸟能飞翔。有一天小鸟终于来了，它就对小鸟说，你能教我也飞翔吗？

儿子念到这，迈迈立即又对儿子喊，停，重念！

儿子一连念了五遍，迈迈都是在同一地方让他停，理由都是他念错了。等念到第六遍，迈迈的儿子不耐烦了，他的表情告诉迈迈，他在酝酿着怎样发怒。

但是迈迈是威严的，依旧坚持让他重念，迈迈的儿子这回有了反应，他突然冒出一句：君让臣死，臣不得不死，母让子亡子不得不亡。儿子在反抗，迈迈把脸扭向一边，迈迈偷偷在笑。

事情很快峰回路转，主动权很快不在迈迈手中，它像瞬间转变的风向，让迈迈所有的努力转瞬即逝。就在迈迈儿子吐出这句话不久，迈迈儿子已舒舒服服躺在床上，他不再像刚开始时那样循规蹈矩，他把一只腿放在另一只腿上，不住晃动着小脚丫，根本无视迈迈的存在。他像出入无人之境，开始旁若无人地大声朗读起来：城东有个公园，公园里有老虎狮子大象，还有小鸟……

这回迈迈的儿子全然不顾迈迈的阻拦，迈迈一连喊了好几次停，他都丝毫不去在意。他一味地滔滔不绝地念下去。迈迈忍不住拽了他几次衣襟，都无济于事。他酷似一点没有感觉，大声朗读，声音越来越洪亮，抑扬顿挫，而且把一篇文章毫不停歇地一气呵成，还适当地增添了感情色彩。

文章念完，迈迈的儿子把手中的书往床上重重一放，他郑重地向母亲宣布，他说，我根本就没有错，不能你说我错我就错，不能你让我停我就停，我要听我自己的，只有我自己才知道我在做什么！

迈迈惊呆了，她装作去厨房，离开了儿子，刷碗的时候，迈迈落下了欣慰的眼泪。

迈迈心里想，儿子，好样的，这才是妈妈希望的。

一串墨点

○高海涛

生产资料公司吴经理正在家写他的回忆文章。

"1945 年 3 月的一天，我们驻在魏民村，我在一个老乡家里起草与鬼子的作战计划。突然，钢笔不漏水了，我很急，一甩钢笔，墙上留下一串墨点。我继续起草计划。"

"警卫员来报：鬼子离村子还有 1 公里远。"

"全体集合，迅速转移。我说完，马上收拾文件和纸张。队伍迅速撤离了村子。我忽然想到鬼子是很狡猾的，那一串墨点可能会给村民带来灭顶之灾……"

刚写到这里，响起低低的敲门声。他急忙去开门，门口站了个土里土气的魏民村委主任，经理的脸上立时阴云密布。

"吴经理，我们的化肥按计划不够。"村委主任看着经理的脸色，敬上一支烟，点上，瑟缩进沙发的一个角落里。

经理吐出一口浓烟，那烟缭缭绕绕围着回忆录旋转。

"我也没有什么办法嘛，化肥就这些，紧张呀！"吴经理皱皱眉头。

打发走村委主任，吴经理继续写自己的回忆录：

"……我单独来到那个老乡家。"

"老乡问：政委你不是出去了吗？鬼子已把村子包围了。"

"我什么也没有说，径直走到桌旁，拿出匕首，刮去那一串墨点。"

"老乡站在我的身后，流出了眼泪：队伍真好！……"

又是一阵急促的敲门声，山响。"怎么又回来了。"吴经理嘟哝着，慢慢开了门，眼前顿时一亮："小王呀！快，快进来！抽，抽支孬烟！"吴经理抽出一支"良友"。

小王一手夹着烟，一手平放在沙发的后背上，翘着二郎腿，吸烟吐雾，好不潇洒自在："大经理，那事办得怎样啦？回扣这个数。"平放在沙发上的手抬了抬。

"我这就写条子。"吴经理习惯地写道：请给化肥……突然，钢笔不漏水了，来不急吸，只好把笔一甩，一串墨点正印在"队伍真好！"下面，像是加了一串着重号。吴经理看着这些墨点，内心深处响起了一声声呼唤："队伍真好！……"手竟然不自觉颤抖起来了……

上网下网

○徐慧芬

老苏上网了。开始他是不屑的。十七岁的女儿嚷着上网，他反对。小孩子读书都读得来不及，哪有时间上网？省下上网的钱多买几斤鱼虾不是更好吗？

可是女儿不同意，你们想不想让我读大学？想不想让我多了解一点现代社会信息？想不想让我与世界接轨？想不想让我更聪明、更成熟一些？

只有向这个精乖女儿投降了。但是，女儿丢开电脑捧书本的时候，每月一百三十元的上网费，闲着也是闲着，老苏也试着上网聊天了。这是一个神奇世界，慢慢，老苏也迷恋它了。

这天，晚饭后，照例，三人各自进入自己的世界。妻在厅里看电视，女儿进了自己的小房间温课，老苏也把自己关进了北房间，打开了电脑。

忽然，一记惊心的响声，是一种玻璃器皿的爆裂声，在空气里迸开来，强烈刺激了老苏的耳膜。老苏一下子推开门，跑了出来。

跑出来，就看见，两个女人，他的妻和他的女儿怒气冲冲对峙着。妻一脸肃杀，女儿一脸不服。花岗石地板上碎着一地玻璃，是他的一只当杯子用的大玻璃瓶牺牲了。大大小小的碎片在灯光下眨着无数诡秘的眼睛看着这一幕。

怎么回事？怎么回事？有话好好说！有话好好说！老苏满目诧异，又分外焦急。

怎么回事！你女儿看上有妇之夫了！你看你把你女儿培养得多有出息呀！

她偷看我隐私，还大惊小怪！女儿也愤愤然。

老苏从地上拣起揉成一团的纸。老苏把纸慢慢捋平，摊到灯光下细读。原来是女儿的一页日记。女儿在日记里描绘了她的物理老师，那个有点谢顶的半大老头如何可爱，如何讨人喜欢，她如何想念他，并希望他若干年后能离婚，若离了婚，她准备嫁给她，如离不了婚，只要他肯接纳她，做她的小情人，她也心甘情愿。

荒唐！实在是荒唐！老苏一下子觉得事情严重。瞟了一眼这个已和她一般高的女儿，老苏想，只能用软的，晓之以理，动之以情。

"宝贝！你一向是个懂事的孩子，不能做糊涂事，你马上要考大学了，将来大学出来，有个好工作，还怕找不到满意的小伙子吗？瞧上个可以当你爹的糟老头子有什么好？"

"人家就是喜欢他嘛，中年男人就是有魅力嘛！"

"荒唐！那么你向他表白过了？"

"我给他写了一封信，他把我叫到校园里，骂了我一顿，骂得我一点儿自尊心也没有了……"

"还好，还好，这个老师还算正派。"老苏松了口气，又给女儿苦口婆心，打比方，举例子，大道理，小道理，动用了潜伏的全部演讲才能，花了近两小时，总算把女儿说服了。

回到房间，老苏倚在沙发上，想了好一会儿心思。慢慢爬起又坐在桌子前，有气无力地打开电脑，发出一封伊妹儿，六个字：游戏到此为止。然后，深深地叹了一口气，安慰自己：游戏总要结束的。

老苏慢慢踱出房门，想看看女儿睡了没有。女儿的房间里，似有母女俩轻微的笑声。他心猛地一惊，他想起刚才教训女儿时，妻那一闪一闪的眼光，也想起女儿一副舞台上演话剧的表情。

上当了！上当了！老苏拍了一下自己的脑袋，又轻轻笑了起来。此后，老苏晚上看电视时，一只眼睛常要偷偷地瞄身边的妻子，总觉得这个一边打毛线、一边看电视的女人，有点像福尔摩斯。

黑白照片

○走 舟

他背着沉重的行囊来到一个偏远的小镇。

小镇还保留着年代久远的一些木质的建筑，夹杂在参差不齐的新式水泥楼房之间，有些突兀、有些不伦不类。

他先是惊喜，然后就又有了些遗憾。遗憾这新与旧没有被好好规划，好些原始的木质建筑已经被破坏了。

他更遗憾手中的相机只剩下最后一张底片。

于是他向当地人打听哪里有照相馆，有一个热情好客的老婆婆给他指明了方向。

他穿街过巷找了好半天，才在背街的一个小院里看到了照相的招牌。

院子里种着一棵巨大的槐树，枝繁叶茂，遮天蔽日。是中午两点钟的光景，这个季节难得一见的阳光正暖洋洋地洒下来，漏过树叶的间隙，碎了一地耀眼的白亮。

他看到一位头发花白的老人，正忙着从屋子里搬出几条长凳，在树下摆开。他走上前，问，这里的老板在吗？

老人站直了，我就是。

他略有些吃惊，想不到在这地方遇见这么大年纪的同行。眼前这老人也该有六七十岁了吧，他穿着一身灰白衣裤，脚上穿的是青色布鞋，一把白胡子垂在胸前。他不由想到一个词，仙风道骨。心里就有了好感。他说明来意，老人笑眯眯地请他到屋里坐。

　　他跟着老人进了屋。屋里光线很暗，有一股淡淡的腐朽的气息。等他渐渐适应过来，他才注意到屋里四面的墙上，都挂着一般大小的黑白照片，有人，有景。

　　老人在柜子里翻腾了很久，拿出几个胶卷交给他。最后几个了，老人说。

　　他有些失望，那几个胶卷都是黑白底片的。他问有彩色的吗，老人摇摇头，几十年了，我只照过黑白照片。老人望着墙上，脸上满是自豪的神情。

　　他拿出钱包要付钱，老人笑着按住了他的手。我不收你钱，只要你帮我个忙。

　　他迟疑了一下，不明就里。老人指着墙上最高的一排照片说，你帮我把这些照片取下来就行了。

　　他想不到是这么轻松的交换，当即就答应了。

　　他搭着凳子一张一张地取，老人就一面用一块干净的毛巾小心翼翼仔细擦拭着相框上的尘埃，一面絮叨起来。

　　看见院子里那棵老槐树了吗？过不了多久它就要被砍掉了。我这个相馆也即将被拆掉。也好，他们都说我这把年纪早该退休享清福了。

　　在这个地儿工作了几十年，有感情啊！这个镇子上发生的许多故事，我都算是见证人呢。

　　他也来了兴趣，就主动攀谈起来，于是他从老人嘴里知道了小镇的历史，知道了许许多多小镇上遥远的有趣的故事。

　　他和老人把取下的照片拿到了院子里，老人将这些照片在凳子上一字儿排开。树影摇曳，阳光斑驳。老人呆呆地对着这些黑白照片看了很久，忽然发出感叹，多好的阳光啊！

　　每年我都要把这些照片拿出来见见阳光，你看他们在阳光下笑得多开心。

他仔细看，惊奇地发现每张照片上的人都是微笑着的，多是些年轻面孔，有略带害羞的，有憨态可掬的，有大方爽朗的，有夸张突兀的，更多的是幸福洋溢。每张脸都很生动，仿佛跃跃地要同自己对话似的。

他有些佩服眼前这位老人了，他最清楚，能让处在镜头下的每个人露出笑脸，绝不是件容易的事。

老人似乎特别高兴，他一一指着照片给他讲述起来：

看见这个小姑娘了吗，那年她才16岁，现在已经在省城安家了；还有这个小伙，我记得他来照相的时候是为了去参军；那个我最清楚，是个鬼精灵的生意人，现在不知道在哪儿呢；这个，是镇上的何老师，去年已经去世了，唉，多好的一个人啊……你再看看这个，呵呵，很老的照片了，是我当年的意中人……

老人的语气渐渐变得很是沧桑。

他的心里莫名有些感动，竟觉得这些人仿佛很早就与自己相识了，对这陌生的地方，这些陌生的人，凭空生出些亲切来。

他终于要离开了。临走时他突然说，老人家，我想给您拍张照。

老人就乐呵呵地笑了，好好好。

老人就搬了一张椅子，坐在了那一排黑白照片的中间。

他举起相机，选好角度，调好焦距。透过相机镜头，他看到老人情态安详、神采奕奕，有细碎的阳光落在他的皱纹上、他的胡须上、他的眼睛里……

四周很安静，衬得那一声快门特别响亮。

一个星期后，他回到他所生活的城市，很快地，他就把这次旅途中的所有照片都仔细冲洗出来了。在分拣照片的时候，他看到了那棵槐树和那个老人。

他感到很奇怪。他分明记得那张照片是用最后一张彩色底片照的，可是眼前的画面上却只有两种颜色：黑和白。

猫　王

○孙方友

　　陈州这地方儿鳖邪，家家不爱养猫。原因有二：一是怕猫脏，在屋里又屙又尿，吃了老鼠，三下五除二抿几下胡须，便钻人的被窝儿，无论大姑娘小媳妇，概钻勿论；二是怕猫叫春，发情期来了，叫声如恶鬼，耽误自家人睡觉不说，还影响了别人。后来又听说猫能传染狂犬病，更使陈州人不敢恭维。当然，这是后话。清末，古陈州人大概是不懂得这些的。

　　不养猫并不等于不用猫。耗子横行起来，就去租猫。租上一天两天，等消灭了耗子，又物归原主。有人租猫，就有人专养猫。城东关的贺老七，就专干这种营生。

　　贺老七年近七旬，身板还算说得过去。年轻时候，他在县衙里当狱卒，专看死囚。由于活恶，竟没有娶下妻室。上了年纪，县衙里把他撵了出来。为糊口计，他就当上了猫王。

　　贺老七养猫很多，加起来有一百多只。而且他多养山猫，说是山猫个儿大，出口凶狠，杀伤力强，一百多只山猫分开装在几个猫笼里，白天不让它们出来。有人租，需要提前打招呼，一天不喂，等猫们饿得齐哭乱叫了，便叫人把猫笼抬回家，放了十多只猫一起上阵，如饿虎出山，以迅雷不及掩耳之势，能把耗子们杀得落花流水。猫吃饱了，就把掐死的老鼠叼出来，放在一堆。天明贺老七来索猫领赁钱，连死鼠一同拿走。回到家，把老鼠扒皮剔肉，放在一个暗房里，喂那些赁不出去的猫。

贺老七喂猫极为神秘，从不让人知道猫们是如何抢吃老鼠。猫吃饱了，自动走出来，伸伸腰，然后就钻进笼子里念猫经。

因而，一到午间和晚上，贺老七的小院里就响起一片诵经声。

由于贺老七的猫训练有素，战斗力强，所以前来租赁的人也多。逢着大户人家清仓，能把一百多只猫全租去。等仓门打开，猫笼也同时打开，百只猫倾巢出动，如狼嚎虎啸，如万马奔腾，其波澜壮阔之势真真令人咋舌！

生意如此之好，贺老七从不漫天要价，只求天天进几个，够吃够穿就得！所以，贺老七的人缘也特别好。

这一年，陈州遭了水灾，田野里的老鼠一下聚集到县城里成了一大灾难，连县衙里都成群结队。有的竟能爬到知县的牙床上，在灯下明目张胆地与县长大人大眼瞪小眼儿。知县大怒，第二天便命衙役去租猫。衙役和老七相熟，对老七说："老七哥，恭喜呀，连县太爷也要租赁你的猫了！"

贺老七笑笑，问："租几笼？"

来人答："全租！而且出高价！"

贺老七又笑笑，说："三天以后吧！"

那衙役走后，贺老七开始关门谢客，说是猫已被县太爷租去，等几天再来！接着，他开始给猫禁食，连禁三日，直饿得猫们在笼里乱窜乱跳，双目如灯，对着贺老七龇牙又咧嘴。直到三天的最后一个晚上，贺老七用黑布蒙严猫笼，让人抬到县衙里。

那时候县太爷正在暖阁里抽大烟，听说贺老七的猫队来了，急忙命人说："让他把猫抬到这儿来，先杀杀这院里的耗子！"

猫笼抬进了暖阁。十几笼一拉溜儿排开，很是威武。

贺老七进屋拜见了知县，说："大人，马上就要放猫出笼，人员不得乱动，以免惊动了耗子！另外，您老千万不可掌灯！"

"为啥？"知县不解地问。

贺老七说："猫为夜眼，有灯光反而减了视力，越黑越能逮耗子！"

知县赶走众人，然后吹了灯，暖阁里一片漆黑。

贺老七这才走出来，急促地打开了十多个猫笼。一百只饿猫如黑箭般蹿进暖阁，只听知县一声惨叫，接下来便是猫们的撕咬声……

贺老七笑笑，四下望一眼，倒剪手走出了县衙。第二天，暖阁里出现了一副白森森的骨架！猫们竟活活撕吃了一个"大耗子"！

消息传出，惊动朝野。古时候有五鼠闹东京的传说，而眼下竟出现了百猫吃知县的事情！朝廷急忙派人到陈州查办此案。

这钦差姓王，叫王直，官拜刑部尚书，到达陈州，就开始了审案。他命人带上贺老七，问他为何让猫吃了知县。贺老七说："我的猫只吃耗子，从不吃人！"王大人一拍惊堂木，呵斥道："事实俱在，还敢狡辩，打！"

贺老七上了年岁，又被关了几日，没打几下，就直直地咽了气。

王大人觉得极扫兴！

主犯身亡，王大人只得到贺老七的小院里走一番，为的是给皇上有个交代。小院儿不大，靠城湖。一百多只猫还在，关在笼里没人管，早已饿红了眼。见到王大人，个个眼放凶光，又嚎又叫，在笼里扑来扑去，吓得王大人瑟瑟发抖，忙命人把猫全部击毙。

残杀过后，小院里静了下来。

王大人这才走进贺老七的卧房里。卧房里很简陋，破衣破被，没什么值钱的东西。王大人失望地走出房门，突然闻到一股股死鼠的恶臭。四下寻找，最后发现那股恶臭来自靠山墙的一个暗房里，便命人打开。暗房极暗，王大人掩鼻进去好一时，才看清室内的物什。这一看不打紧，吓得王大人连连后退了几步！

室内是一尊泥塑，头戴官帽，形如真人。王大人怔了片刻，走过去掀开官服，才发现泥塑的肚子原来是空的，空空的肚腹里放着几只剥了皮的死鼠，散发出阵阵恶臭。

　　王大人怒发冲冠，禁不住骂了一声"刁民"！他断定这贺某杀害知县是蓄谋已久的！为阴谋得逞，他训猫变狼，而且用黑布蒙笼，让猫转向……可他为何如此残酷地进行报复？百思不得其解，王大人只得长长叹了口气。

　　消息不胫而走，陈州百姓奔走相告，捐款厚葬了贺老七，而且给他的猫们也钉了一百多具小棺。出殡那天，万人空巷，头前是一具大棺，随后是一百多具小棺。白色的棺木迎着阳光闪烁。远瞧似一条白色的巨龙，十分浩荡！

　　后来，陈州又来了一位知县。新知县上任第一天，就下令不得养猫。违者，格杀勿论。

　　从此，猫不见了，耗子们又横行起来！

轮 回

○孙春平

书家黄某，年近七旬，自幼师承颜体，挥墨圆润遒劲，虽不敢说拔指省内，在区区一市却是颇有些名气，沿街商号匾额、园林楹联，出自其笔下者不可枚举，后生晚辈多以黄老敬之。

近年，早过"耳顺"的黄老却时常耳不顺甚或大迷大惑起来，讥其运笔保守拘泥无创新之语九曲十八弯，不时逶迤传至耳中。几城市筹备书法联展，黄老将近作罄尽取出，选取几幅得意之作兴冲冲送至市书法家协会。几位青壮年栋梁接过墨迹，观望良久，竟默然相视，不做声言。黄老纳罕，亦有些羞窘，尴尬托词抽身离去。入夜，一昔日得意门生潜入家门，寒暄后委婉相告曰："黄老的字固然是好，但……可否另选一幅呈新之作再送去看看？"并称是受诸评委之托而来。言虽未尽，其意已明。黄老冷笑不语，接过所退墨迹，一条条撕碎掷于纸篓，倒窘得昔日门生一脸胭脂。

是夜，黄老难眠，垂首苦踱于书房内，忽见书案毡托上孙儿临睡前完成的习字作业，心头突觉怦动，急提笔落款，取章压印，而后掷笔仰面大笑。

黄老孙儿年方七岁，父母均在南方城市发展，黄老留孙儿在身旁，一添膝下之乐，二为督导孙儿打造习字的基础。稚童聪颖，又得真传，出手虽拙嫩，却也非寻常孩童可比。

翌日，黄老携孙儿作业复至书协，徐徐铺展，惊得众人纷纷围拢。一人语焉："黄老此字返朴归真，拙中见功，实乃神笔！"众人立刻附和，齐赞老先生笔上春秋几十载，有此创新之笔，确乎别开天地，难得了！

黄老心中苦涩，亦不多言，任由众人赞评，倒要看看如此"大作"还会闹腾出何等怪花样。没想此字不仅参得联展，还得了头元重奖。黄老忿忿，哭笑不得，本欲抖开包袱戏弄众专家评委一番，但笑话开得大了，反觉难以启齿，只是颁奖之日，报称老身不爽，不肯赴会。

黄老从此再不肯参加任何展览或比赛，有人求字也委而拒之。有人说黄老得了今生最高一奖，怕丢了名气，就此封笔了；也有人说黄老专心教孙，另有雅兴了……谁愿说什么就说什么吧，黄老只是再不肯示字于众，不是不写，写只是自悦其情，自得其乐了。

紫玉英

○聂鑫森

老中医欧阳菊，现在真正地闲下来了。

一眨眼就是一个花甲，他恋恋不舍地从中医院退了休。正是深秋，小庭院里的几畦菊花开得很盛，清苦的香味满得四处乱溢。

小庭院里就住着他和早已内退的老伴。儿子欧阳筠，几年前成了家，住在公路局的宿舍楼里，到了双休日，才领着一家人到这里来看望他们。

夕光下，坐在廊檐下的欧阳菊心绪很坏。

他不理解，儿子干吗老惦着他珍藏的一方端砚？杜声远干吗还要来造访他呢？

这方端砚，还是欧阳菊的曾祖父置办的，代代相传，距今有一百多年了。端砚以紫色最为名贵，古人称之为紫石砚，又誉之为紫玉英。欧阳菊的这方砚就是名符其实的紫玉英。砚面浅刻古瓶纹，瓶两侧出双十字耳，瓶口之上为花瓣形砚池，沿砚边刻阴线一周作为砚唇，砚底如常见的抄手式。砚铭是欧阳菊曾祖父亲手刻的：石重质，人重德。

一星期前，欧阳筠忽然打电话来，说是他的顶头上司杜声远局长要来拜访他，顺带想看看这方端砚。儿子特意叮嘱父亲，杜局长对他很赏识，局里正将他列入政工科科长的人选，一定要热情接待。

欧阳菊烦了，说："我又不认识什么杜局长，把他引到家里来干什么？这小家伙也嘴多，家里有方砚也要往外说。"

老伴劝道："老头子，你不能扫儿子的脸，他在人家手下做事哩。"

欧阳菊不吭声了。

欧阳菊和杜声远的会见，是在书房里进行的。老伴和儿子沏好茶，端上水果，然后坐在一边陪着。

杜声远五十岁出头，身材颀长，说话温文尔雅。他看了看四壁张挂的书法作品，说："欧阳菊先生对'二王'的书帖是下过大工夫的，又掺入了一些汉楚简书的意味，秀丽中见出端庄，难得，难得！"

欧阳菊的眼睛亮了几分，问："杜先生也喜欢书法？"

"公务冗繁，往往只在深更半夜才得暇练几个字，至今未入堂奥，惭愧得很。"

"爹，你把我们家的紫玉英拿出来，给杜局长看看。他家也有好几方古砚，我欣赏过，真好。"欧阳筠说。

欧阳菊慢吞吞打开书柜，取出紫玉英，小心地递给杜声远。

杜声远接过来，先是细看，继而用手轻托，接下来又朗读砚铭，然后才说："这砚，不论石色、石质及雕琢，都是上乘。这石出自端溪中岩旧坑，正如古人所言'石色紫如新嫩肝，细润如玉'。"

欧阳菊一听，便知杜声远引的是宋代人赵希鹄《洞天清嘉集》中的句子，想不到这个管公路的局长还读过这样的闲书！

又说了一会儿话，杜声远恭谦地起身告辞。

欧阳菊长长地松了一口气。

可杜声远怎么还要来呢？难道喜欢上了他家这方砚？儿子不是说局里正考察他吗？他想起先祖所刻的砚铭：石重质，人重德。杜声远说是要拿自写的几张字来请他指点一下，这话未必是真的。

他们又在书房里见面了。

杜声远展开几张四尺宣纸，写的是篆书。

欧阳菊看了又看后，说："苍劲老辣，有吴昌硕之风，只是还可以参看一下邓石如的篆书，使其有些变化。哦，失言了，班门弄斧。"

杜声远说："先生指点迷津，我很是铭感。"

他卷起宣纸时，忽见那方紫玉英裂成几大块，拼合着放在案子的一边。

"这砚怎么啦？"

"早几天，不慎跌了一跤，砚从手里飞出去，重重地落在这方砖地上，碎了。唉。"

杜声远拿起碎片仔细看了看，说："可惜，可惜。"

欧阳筠一下子愣住了，心想：好好的砚怎么会跌破呢？爹呀，是不是你故意摔破的呢？他曾有过这样的念头：动员父亲把这方砚送给杜局长哩。

又过了几天，欧阳筠把一方畸形端砚带给了欧阳菊。石色嫩紫，石质细腻，是地道的紫玉英。还有杜声远的一封短笺，上面写道："欧阳菊先生：家传有几方好砚，特选出一方馈赠您，以谢您对我书法之指点。我将尊祖之铭文以篆字刻于砚上，有污清目，海涵。待闲暇时，我还将登门叩访。杜声远。"

欧阳菊捧着砚，半晌说不出话来……

借　名

○程宪涛

月黑风高之夜，某咖啡厅昏暗朦胧的灯光下，一个高大魁梧的男人和一个瘦小灵巧的男人在一个包厢里落座，他们相互看不清对方的面孔。

形象较好的男人沉稳地道，我知道先生不愿意透露真实姓名，不知用先生的职业称呼是否可以，这样交谈方便一些。

对方玩世不恭地耸耸肩膀，道，无所谓。

神偷先生，最近我们城市几个贪官相继落网，您功不可没。虽然是非常手段，如果没有您提供线索，检察机关根本无从下手，神偷先生的义举真是令人感佩。民间只闻您的赫赫声名，不见您的踪影，把您视为传奇，想象成侠肝义胆的反腐败英雄。

小偷不屑地摇头，您过奖，真人面前不说假话，通过最近几次过招儿，我私下里和几个检察官建立了联系，彼此心照不宣，合作非常愉快，他们会获得我的第一手资料。现在开门见山，您找我有什么事情？我已经踩好点今夜有一份活儿要做。

男人从随身携带的兜子里面取出一个纸包，放在桌子上，迅速地推到小偷面前，小小意思不成敬意，敬请笑纳！

小偷瞥一眼纸包，您也太小觑我，竟然想收买我。我见的场面多了，那些抽屉里面、床垫下面，甚至卫生间抽水马桶里面都是钞票的情景，你见过吗？那才令人大开眼界叹为观止。奉劝你不要枉费心机，有人拎着整整一密码箱的绿色钞票求我高抬贵手手下留情，我都不为所动，何况你这区区小玩闹。

神偷先生您误会了，我拿钱并非明哲保身花钱免灾，我是提供一条线索，介绍一桩生意，请求神偷先生前往，也是要为人民除害。

不知道您说的是哪一个贪官？

是本城铝厂的赵厂长。

就是在广播电视报纸上总露面的那个铝厂的厂长？

正是他。现在的贪官都是说一套做一套，沽名钓誉欺世盗名。这个厂长上任后厂子效益不错，现在厂子利润有些下降，有个别员工猜测他渎职，想必他本人也捞了不少油水。

我经常看报纸电视就是为了寻找目标。您的这个建议我接受，最近只是光顾政府官员家里，形成了一定的规律，大约警察们闻听到一些风声，寻找到蛛丝马迹。我应该改变一下经营方向，免得落入警察的圈套。尽管我做的几件漂亮活儿深得民心，但是毕竟有官和贼之分别，您委托的这件事几天后就会见分晓。

据说这个赵厂长后天到南方谈生意，他的孩子在外地上学，老婆在乡下伺候生病的老妈。正是下手的机会，这是他家的详细地址。

可惜缺少一点惊险和刺激，不过感谢您的信息，这两天我会把这件事情办稳妥，这份钱就作为信息费回赠给您，我先告辞。小偷大口喝下一口咖啡，用手帕文雅地沾一沾嘴角，摆摆手扬长而去。

望着小偷消失的背影，男人微微苦笑，招招手叫来服务员，示意着把一张钞票压在杯子下面，走出包厢。

小姑娘追出咖啡厅，交给男人一个纸包，赵厂长，这是您落下的东西。

这纸包不是我的！他肯定地说。

小姑娘拆开纸包，里面是一叠白纸，随手丢进身边的垃圾筒里。

不日，本城铝厂的赵厂长家被城市神偷光顾，竟然一无所获。由此赵厂长清廉之声大噪，引来慕名而至的港商投资，企业起死回生。

听话的爹

○魏永贵

儿子小安被戴上手铐的那天，才五十多岁的老安一夜间头发全白了。

老安快四十才得了小安这个"秋葫芦"，两口子那个疼啊，捧在手里怕跌了，含在嘴里怕化了，想着法儿满足儿子。待小安心野念不下书了，老安跑碎了鞋底子，磨破了嘴皮子，好不容易让儿子在县城有了个饭碗。老两口刚刚喘了几口气，谁能想到，想挣大钱的儿子竟犯下了与人合伙抢乡信用社的大罪。

一审判决，小安被定了个死刑。老安托人找来一本叫《刑法大全》的厚书，戴着老花镜在灯下瞅了半宿。临了，老安长长地叹了一口气。

老安知道，儿子的罪，犯到顶了。

可是，天一亮，老安又东挪西借凑了一笔钱，钻进县城高高矮矮的街巷，寻到了挂着大牌子的律师事务所。

戴眼镜的律师反反复复看了一审判决书，缓缓地说："大爷，跟你说个实话，再花这笔钱申诉，冤啦。你留着养老吧。"

老安说："你说的俺懂，可俺当爹的，咋能眼瞅着他死哩？"

律师推了推眼镜，说："那就上诉。律师费我给你收最低的。"

老安一听，马上矮下身子："哎呀呀，俺给你跪下了！"

戴眼镜的律师急忙搀扶起老安，暗暗地摇了摇头……

很快，终审下来了：维持原判。

老安彻底垮了。

那天，老安趔趔趄趄拎着一兜东西来到了市郊的看守所。此前儿子捎信儿提出了最后要求：买一套"耶利亚"西服，一双"耐克"休闲鞋。儿子说要利利索索上道儿。老安是照着儿子写的地址，顶着棉花瓣一样的雪，东绕西拐到城里一个专卖店，用了请律师剩下的一千多元钱买的。畏畏缩缩的老安差一点叫店里的人撵了出来。

隔着冰冷的铁栅栏，眼瞅着数月不见、手脚锁了铁链的儿子，浑浊的老泪又一次从老安那深藏着悲悯的眼眶里淌下来："安儿……"

小安有些烦躁："都什么时候了，还哭！东西都买好了？"

小安两眼直勾勾瞅着老安手里的包。

老安抖索着手解开塑料包："儿啊，爹照你说的都买好了。你还有什么跟爹说的？"

小安说："现在说什么也没用了。爹，到了清明节，别忘了给我烧点纸钱。多烧点，别舍不得钱。"

老安又一次流泪了，筷子粗的青筋在老安的额角直跳："儿啊，别说爹心硬，你都——都啥时候了，还一口一个钱，都是钱害了你啊，你糊涂啊……"

愣了一愣的小安从民警手里接过老安送来的那包东西，转身一步一移地走了。

哗啦哗啦的脚镣声，久久地割着老安的心。

清明节到了。满头白发的老安背了一捆黄纸往山上走。这一大捆黄纸是老安挑价钱最贵的一家店买的。

老安蹒跚着，仿佛背了一座山。

纸灰明灭，青烟袅袅。几只乌鸦在头顶斜着翅膀吱哇乱叫。

"安儿，爹听你的话，给你送钱来了……"

失　落

○高　军

　　自从被推选为厂长，田佃就为自己的交际能力差发愁。来了客户，他愁着去陪酒、陪玩儿。上级来检查工作，他为自己不会汇报而苦恼。尽管工人们不在乎这些，他还是感到有一种失落感。

　　工人们看到他愁眉不展的样子，就笑他："咱们工人，哪个喜欢油嘴滑舌的，要那样的话，还不继续选王西志，能选你！"

　　王西志是前任厂长，能说会道，工人们把他选下来后，也是整天不开心，也有失落感，很多场合不自觉地就摆出厂长的模样。

　　来了一批任务，过去王西志能从国际国内市场行情一路讲下来，一二三四地要求一番，讲得头头是道，可活儿干得并不怎么好；现在呢，田佃把工人集合起来，憋得脸通红："这批货十天后交，咱都好好干吧，就这么个事儿，散会吧。"工人们哄的一声散去，干活了，可把活儿干得强多了。

　　时间长了，有些人也议论多起来，感到田厂长不像个厂长样，没有厂长的风度。田佃也感到了工作的不方便。

　　这天，他从一则资料上看到国外有些人找替身的消息，就想出了一个主意，决定招聘一个替身厂长，名曰厂长助理，专门为厂里迎来送往，汇报工作。

　　消息一传出，应聘者非常踊跃，王西志也在其中。人们发现，王西志多日不见的笑模样又回到了脸上，充满了必胜的信心。

经过笔试、面试，结果王西志成绩最好。

招聘组向厂长作了详细汇报，田佃最后拍板："就录用他，也确实他最合适。"

走马上任，王西志满面红光，踌躇满志："厂长，我坚决拥护你，有什么事儿你尽管吩咐。"

"好好，"田佃轻松地一笑，"今天中午你应付一下。"

"应付什么？"王西志没听明白。

"来了谈定货的。"

王西志一下子兴奋了："好，看我的。保证能让他们满满意意，咱们发财。"

"我就不去了。"田佃说。

"嗨嗨嗨，田厂长，你不去咋行？话我说，事我办。你听着，看着，错了你纠正。"王西志有点着急地开导着，"当厂长吧，就这样，愁也不行，烦也不行，该应付的场合还得应付。"

田佃也觉得不去于礼节上说不过去，就与王西志一同去了饭店。

酒桌上，王西志如鱼得水，笑话儿一个个地讲，原则一条条地说，在活跃的气氛中把事情办妥了。

田佃没说几句话，客人们把王西志当成了主角，事前介绍的是厂长助理，客人嘴里却一口一个厂长地叫着。王西志很得意，田佃也没感到不妥。

从这日起，厂里的气氛又变得活跃了起来。

田佃有一个原则，只用王西志迎来送往，决不用他给工人讲话，安排工作，他怕工人有逆反心理，影响工作。

年底到来，上级又来厂里检查工作，要求做好汇报。

田佃让王西志准备，王西志乐颠颠的。

　　汇报开始后，王西志先感谢领导莅临指导检查工作，接着汇报了厂里的基本情况，然后，把一年的工作概括为三个结合，四个到位，五个加强。田佃在一边奇怪地想，他怎么寻思来，竟编得真模真样的。王西志大言不惭地汇报完了，田佃的脸也红到了脖子根下。

　　最后，领导们满意地走了。

　　但临走前，先和王西志握了握手，又和田佃握："王助理是个人才，不错。田厂长，希望你也能尽快地进一步提高工作水平。"

　　田佃心里噎得慌，几天没理王西志。但他一点儿也不在乎，还是热情地跑前跑后。

　　田佃就开始认真琢磨自己的不足，努力去改它。

　　春节过后不久，上级又来主持民主选举厂长。

　　这时，田佃的口才已大有长进，述职时，讲得头头是道，对领导们的招待也热情有度，落落大方。

　　可他却落选了。

　　而王西志什么也没说，就又重新当上了厂长。

雕　木

○非花非雾

　　王玥跟领导辞了三次，也没把"班主任"这一个月 14 元补贴的官辞掉，接下来了，就得干下去。把自己的孩子扔给小学老师，把八年级八班的四十五个学生当自己孩子来教育。

　　开学第二周的晚上，王玥值班维持校纪。

　　一个矮小的男生从宿舍楼跑出来，绕操场一周，气喘吁吁地来到王玥面前，黑瘦的小脸在灯光下闪着焦急："老师，我的被子丢了!"他说话的声音低得几乎听不到。

　　"怎么丢的?"

　　"不知道。"

　　"你怎么这样疏忽大意呢? 我在广播上帮你问一下。"

　　令人失望的是，直到第二通熄灯铃响过，也没人回应。王玥无奈地把自己的夏凉被借给他。

　　第二天，有两名女生找到王玥，悄悄说，刚才在操场边的垃圾堆见到一条棉被。

　　这个丢棉被的学生是王玥班的，叫魏刚。

　　魏刚的前班主任来串门儿，看到窗外闪过魏刚的背影，警告王玥说："这可是个让人头痛的学生。学习不努力，他奶奶也管不住他。冬季怕冷不出操，藏在寝室被子里，管理老师到寝室检查，他就藏到床底下⋯⋯

唉，朽木不可雕也。”

周末放学，王玥将魏刚叫进屋，问："你的被子拿回去拆洗了没有？"

"没，没有。"他回答，低下头，再也没将头抬起来。

王玥说："去吧，把你的被子拿来，先放我这儿。"

开学时，王玥把拆洗好的被子还给魏刚。他只是"咕哝"了一声，拿起被子，一转身就出去了。

唉，这个学生，连句谢都不会说。

作文课上，王玥让大家写《最难忘的一位老师》。当班里大多数人提纲还未列好时，她发现第一排的魏刚潦潦草草地在作文本上写了快一页，中间已有两个墨团。

王玥非常恼火，严厉命令魏刚将作文本交出来。

当她的眼睛与文字一接触，就发现自己错了。魏刚的作文一开头便吸引了她：

> 实验中学是封闭式学校，我一天二十四小时和我的同学们在一起。学校很整洁，楼前楼后种着各种草木。
>
> 一到上课时间，校园上空就飘荡着明快而有节奏的进行曲。踏着曲子进来的是一个身材高挑的女老师，蛋圆脸，细长的眉，那双能洞察一切的大眼睛总是含着笑意。她的声音格外甜。她温和地对我们说："从今天起，我来和大家一起上语文课，希望大家把我当做好朋友。"这时，我感到一股春风吹过教室，心里暖暖的，很舒畅。
>
> ……

王玥的火气消了，不是因为他写的是自己。

为了不打断魏刚的思路，王玥把作文本还给他，示意他继续写下去。

王玥把优秀作文在广播里朗读，然后推荐给学生作文刊物。全校只有三篇文章被选中发表，其中有魏刚的。作文课上，王玥把刊物和五块钱稿费发给他。同学们鼓起掌来，他却趴在桌上，一抽一抽地哭了，他在哭声里嚷道："这是第一次有老师真正看过我的作文。"哭得王玥的鼻子也酸酸的。从前班级大，那些字迹潦草的作文，往往只能得一个"阅"和日期。王玥有些内疚，对魏刚，也对自己教过的那些学生。

中秋节快到了，校园文学社向全校师生征稿，魏刚投的竟是一首诗《月亮里的妈妈》：

　　　　人们说妈妈的微笑像满月
　　　　妈妈呀
　　　　我已经忘了中秋节的样子
　　　　……

全诗叙写了他的爸爸生病死亡，妈妈为了生活嫁到更偏远的乡下，四岁的他由奶奶一手拉扯大。改嫁的妈牵挂自己，煮了嫩青豆拦在路口送给他，他偷偷把五块钱稿费塞到妈口袋里。

诗有仿写痕迹，但是充满了真情，王玥把它刊了出来。魏刚的不幸身世与他的才情得到了全校师生的关注。大家看他时，眼神不再是那种冷冷的不屑。上体育课时，魏刚不再是一个被人冷落到操场一角的弃儿。大家都围过来，叫他一起打篮球。选学生会干部时，大家推选了他。

当他清晨拿着纪律检查簿从走廊上走过，记录早读迟到的学生时，有学生悄悄地说："看呐，他怎么突然就跟从前天差地别了？"

几年后，学校组织高考状元返母校演讲，中间那个小个子、脸皮不太白净，眯着眼，一直像在思考什么的大学生，不就是魏刚吗？

王玥还在打量，魏刚已站起来，向她走来。而她悄悄地离开会场，躲到办公楼的拐角，泪流满面：做班主任这些年，她一次也顾不上辅导自己的儿子，今年，儿子中考失利，复读了。

望着坐在学生中的儿子，王玥心中隐隐作痛……

带家具出租的房间

○东 瑞

门铃儿响起来时，这唐楼的女房东并没有马上去开门。她先走到黑窄的走廊尽头那空置了一些时日的破旧房间，慌忙地将墙上挂着的相片取下来，然后再将脏兮兮的小房扫视了一眼，放心并满意地自个儿点点头。

"空置了快一年。少收了多少租金！今天无论如何要把它租出去了！"

女房东想。将取下的照片往自己房的柜子里藏好，她就去开门。那是一个单身汉，约莫只有二十八九岁，满脸的络腮胡，神情很是落魄。她带他穿过那黑窄的通道。

年轻人翕动着鼻子。通道潮湿，飘散着一种极为强烈的腐尸气息，黑暗中他看到墙皮泰半剥落，像是个浑身伤痕的垂弱老人。但年轻人似有什么预感似的，仿佛嗅到了他极为熟悉的，似曾相识的木犀香味。面前黑影浮动，如一个神灵引他走入那个出租房间。

"这里一切家具都齐备。租金中就包了这些家具。昨天住客刚搬走，您今天就来了。房子朝南，三面单边……"

女房东犹在不停地唠叨和推销，年轻人没有理睬她，兀自以锐利的目光扫视房间。一张弹簧单人床，弹簧已松断，上面铺了一席斑驳发黑的、出现多个窟窿的薄褥。五斗柜已磨损得防火胶板全没了，连把手也只剩一个。一个梳妆台像是18世纪的古董，椭圆的镜面不知涂上了烟油还是灰尘沾污，蒙得如喷了一层厚雾，已无法照清人脸身形。地板呢？有两三块方砖不见，凹了下去，露出砂粒。最凌乱的是墙，画满了幼稚的图画及古怪字体，似乎从前的人都在上面留过了痕迹。年轻人摇头叹息，只是因为那似乎充溢不去的木犀香气，他才决定租下来。

交了租金。他阴郁的脸展开了一点笑容。

"我租下来，并不是您这房间好！我在找一个人。有一个二十五六岁左右，长发的女子，她有没有住过这儿呢？她的左眉上有颗黑痣。"

"哦！真记不起来了。这儿一年来住了不少户人家了……"

"那您能否说一说，住客中上一户是谁，再上一户是谁么？"

女房东滔滔不绝地编造起来，神情严肃。

几天之内，年轻人都在不安、精神恍惚中度过。惦念着他那失踪了的女朋友。命运安排他在这城市寻觅。那年女郎给了他一个地址，他按址去找，包租婆说女郎搬了，又给他一个新址……他为此花了一两年的努力，也搬了几百次的家。现在，线索引他到此家。他相信女友只要还在这个城市，他一定可以寻觅到她。几个夜晚，当他躺在床上，女友所特有的木犀香味就不知从哪儿飘了来，使他断定她一定住过这带家具出租的房间。

他翻身起来，再度打开梳妆台的抽屉。那儿有一把女用破扇，一个空空的唇膏盒。使他最疑惑的是墙上钉着一支钉，四面都黑黄得如刚被火烤过，而钉下的四方框，却是一片雪白。显然，从前，有一张镶了相框的相片挂在上面。他打开衣橱，里面爬出了几只蟑螂，有一股腐恶的气息散出来，还掺杂浓浓的防腐丸味。

时当午夜，女房东突然来敲他的房门。

他吃了一惊，见她端了一杯热咖啡进来给他。他谢过，请女房东在一张旧椅坐下来。

"……几日来见您足不出户，似乎闷闷不乐，可是有什么心事？"

女房东决定进一步向他打探。

"我一直觉得我失踪的女朋友在这房间住过。我总嗅到她所特有的那木犀香味。请您再仔细回忆一下，她可曾租过这间房？"

年轻人忽然从他的上衣口袋的小皮钱包内取出一张彩色的、经过修剪的照片。女房东接过来端详。照片的背景只有一点点，不知是什么地方的海洋。少女长发，微笑着，左眉上有一颗很明显的黑痣。年轻人没有注意，女房东那抓住照片的手正微微抖起来，瞳孔也放大了。

但她欲言又止，还是轻轻摇了摇头。

"……真记不起来了！"

女房东说完，迅速起身，回到自己的房间。

第二天傍晚，女房东又走了进来。似有什么难言之隐，坐了半小时，漫无边际地闲聊之后，她凝望着年轻人，脸露哀色。

"……我想了一夜。还是跟你明白说了罢。你别再找下去了，她已不在了。"她说。

"……"年轻人睁大了眼睛。

"一年前她在这间房确曾住过一个短时期。不知为了什么事，有一夜服了药自杀了。她就静静死在你睡的这张床上。"

……年轻人没再说话。女房东走后，他将门紧紧锁上。然后撕下那破被的棉絮和褥子的胶条，一条条地往门边和窗边塞入，然后将煤气开到最大。他躺在女友从前躺过的同一张床上。他再也嗅不到那木犀香味了，而煤气渐渐充弥了整个房间。

"下个月你儿子在加拿大结婚，你去不去？"女房东的邻居李大嫂这时在女房东房里小坐，"可有他未婚妻的照片？"

女房东从柜里取出那不久前从出租房墙上取下的带框的照片。

"……好美哩。她这左边眉头上的黑痣是贤淑的标志呢。恭喜你了，找到那么理想的媳妇。"

寂寞时代

○金 波

王积木突然患了一种怪病：双手间歇性痉挛，手掌阵阵发痒，就像捧着一把咬人的小虫子。开始，人们以为是帕金森综合征，但他还年轻，又将这种推断否定了。

王积木是一位高级白领。早上，一觉醒来，他就匆匆去上班；坐在一台电脑显示器跟前，从网上搜索资料是他的日常工作。下班了，又匆匆赶回家；吃了晚餐，同网友交流一会儿，然后睡觉——这就是王积木的一天！平平常常，周而复始。然而，怪病偏偏找上门来了……

王积木只得去看医生。医生对他进行了仔细诊断之后，冲他微微一笑，伸出双手紧紧地抓住王积木的手，使劲地握，使劲地摇，然后问："你是否感觉好受一些？"

刚才还莫名其妙的王积木笑逐颜开，连声道："是！是强多了！"

"你患了一种新兴交际病——皮肤寂寞症。请问你有朋友吗？"

"有！有！"王积木回答。他想，自己的网友成百上千，谁说网友就不是朋友呢？

"好！你不用打针，不用吃药，只要坚持每天同人握手片刻，久而久之，症状自除。"

王积木恍然大悟。是啊，自己活了几十年，却从来没有与人握过一次手。特别是走向社会以后，尽管每天在他的眼前晃动着那么多的人影，在他的耳边响满了嘈杂的人声，却总是擦肩而过。他戏称自己是一个"与世隔绝"的人：出行时，坐在小汽车里，与路人隔绝；上班时，坐在自己的工作间里，与同事隔绝；回到家里，钻进钢筋混凝土建筑里，与邻居隔绝：虽然有那么多"志同道合"的网友，却天各一方，又被时空隔绝……生活在如此"隔绝"的世界里，手能不寂寞吗？你瞧，老天爷终于来找麻烦了！

王积木想：坏事也可以变成好事，正好借此机会，好好同人接触接触。于是，王积木立即向网友发出求助信，希望定时见面，亲自握握手。

可网友们没有正面答复，而是展开了网上讨论，一致认为网友就是网友，在网上是朋友，一旦回到现实生活中，也许就是陌路人，甚至是仇人也说不定。就如搓麻将、斗地主一样，牌友归牌友，一旦不打牌了，就什么也不是。至于天南海北，见一次面如同旅一次游一样不方便，倒在其次。王积木气愤地想：患难见真情啊，这是一群什么玩意儿！咔、咔、咔，几声点击，"网友"全从"好友名单"上消失了。

王积木又想到了同事。便每天驱车早早赶到公司，站在楼梯口迎候。同事一来，就主动伸出手，向人家问好："早啊！"

然而，同事们莫名其妙。同事甲问："最近提升啦？什么职务？是负责人事管理吧？"王积木说："哪里啊，就是想同大家握握手。"

同事乙说："最近王积木怎么老是怪怪的？天天在一起握什么手？"

同事丙说："这小子莫不是想升迁，来笼络人心；或是做了什么缺德事，想沾点人气？"同事们私下议论之后，王积木再想同大家握手，比登天还难——他们把手插进兜里，简单地同他应酬一句就匆匆走进自己的小单间里。

"真是以小人之心，度君子之腹！"王积木恶狠狠地骂道。

但他的双手却剧烈痒起来。

王积木又想到自己的邻居。一想到邻居，王积木就更没有底气。到现在，邻居是什么样儿都没有弄清楚。平日在楼道上，也经常与人见面，至多彼此点个头，至于谁是真邻居谁是假邻居，谁住此家谁住彼家，就不得而知了，他也不想知道。

现在，王积木只得去敲邻居的门。"咚、咚、咚"，门开了一条缝，一个脑袋伸出来问："找谁呀？"

"啊，我是你的邻居，就住隔壁。"王积木点头哈腰说道。

"哦，欢迎欢迎。"门大开。王积木赶紧和他握手。两人进去聊了一会儿。

然而，再敲邻居的门，邻居就不再与王积木握手，而是做了个请进、请坐的手势。王积木没有达到目的，只得进去枯坐片刻。两人彼此注视着，却怎么也找不到话题。没有共同语言的会见是多么难堪啊！

痒的感觉，像虫子一样无时不在噬咬着王积木的心。王积木一咬牙，干脆在大街上挂一横幅，上写：你与我握手，我奖你现金。王积木站在横幅下面，伸出一只手候着，面带微笑。许久，才有一个胆大的把他上下打量一遍，掏出放大镜察看他的双手。围观者纷纷靠近，不时议论道：

"花钱请人握手，这人脑子有问题吧？"

"就算患了皮肤寂寞症，难道就找不到一个能握手的人吗？"

"天上不会掉馅饼。小心，这种病可能会传染。"

这是第一天的情景。第二天、第三天，一百元变成了二百元、三百元。不仅没有人斗胆来握手，连围观的人也日见其少。

"听说他是个疯子！"人们从他身边经过时，偶尔留下这样的一句话。

"你他妈才是疯子！"连日来，烦躁的心情不断地折磨着他，不住的酸痛又使他的坏心情火上加油。他忍了又忍，终于忍无可忍。一声歇斯底里的吼叫，街上的行人吓得纷纷逃走。

"想跑！"一不做二不休的王积木把愤怒攥在手心，挥起拳头就去追打说他是"疯子"的人。一声声尖叫便回荡在大街小巷。

直到一辆警车停在他身边……

梅花碑的秋天

○海　飞

2005 年秋天，我和玲子租住在梅花碑附近的民居。那时候玲子去了一家酒吧当酒水推销员，她总是在那儿出售着廉价的微笑，并且在酒客中间发出疑似放荡的笑声。我去了一家叫做"柯南"的侦探所。所长是一个瘦巴巴的中年人，他穿着一件米黄的风衣，他发给我一件灰色的风衣，他说我们侦探都要穿风衣，戴墨镜。然后，我被人称为海侦探，出没在杭州的大街小巷。

秋风一阵一阵地吹着，吹起了我风衣的下摆和蓬乱的头发。我突然觉得在杭州讨生活真难。我在秋风中缩了缩脖子，然后领着第一个任务出发了。我是替一个男人侦查他的妻子，男人叫大宝，开着一辆奔驰，他怀疑妻子和一个坐轮椅的男人之间有问题。

我在秋风里迈着侦探的步伐上路了。在一条叫做竹竿巷的弄堂里，我看到了一位坐在轮椅上的男人。我站在那间房子的门口，门洞开着，一个女人在替轮椅上的男人料理着家务。看上去女人很有钱，女人就是大宝的妻子淑慧。淑慧望了我一眼说，你找谁？我说请问龙游路怎么走，我想去龙游路上的奥斯卡影院看一场电影。

这个秋天我果然就去看了电影，我在电影院里把时光过得昏昏沉沉。这个季节让我无比伤感，是因为我没有足够的钱可以让玲子不去酒吧推销啤酒。我在一座高楼上租了一套房子，用高倍望远镜监视着残疾男人和那个华贵女人的一举一动。有一天，我拍到了一张照片，残疾男人和淑慧的手紧紧相握。

我相信大宝要的就是这张照片，这张照片一定可以换来我的生活费。有一天在竹竿巷的巷口，一位骑自行车的高大小伙撞到了残疾男人。我在心里叫这个小伙子为高大，高大骑上自行车要离开的时候，我叫住了他。我说高大，你怎么可以这样离开？高大说你是谁。我说我是海侦探。高大笑了，高大说，屁侦探。我和高大就要打起来了，秋风一阵一阵吹着，我想这是一个多么伤感的季节啊。我知道我肯定打不过高大，但是我怎么能容忍他就这样离开呢。我把残疾男人的车子扶正了，我把风衣脱下来，把戴镜摘下来。我说高大，你不能走，你不向这位大哥道歉你肯定走不了。

高大就愣了，他看到许多脚步向他涌过来，像一排浅浪。高大说，你想怎么样。很多人把我们围在了一起，他们想要看一场免费的肉搏战。我说高大，你知道这是谁吗？这是越战英雄柯良。你不要以为他好欺侮，他曾经连毙了六名越军。

柯良一下子就愣了，说，你怎么知道？

我说我还知道，你把国家每月给你的钱，全都捐了来建了一所柯良希望小学。我还知道，你因为缺了一条腿而不愿让女朋友淑慧为你受累，坚绝不同意结婚，而让她嫁了一户好人家。我还知道，现在淑慧像亲兄妹一样，她把省下来的钱交给你，用于一起支持着柯良希望小学……

秋风一阵一阵吹着，一个女人突然挤进了人群。她擦着眼泪，推动了柯良的轮椅。她就是淑慧，她对我说，海侦探，我知道你是他请来的。她又对柯良说，哥，我们走。

柯良和淑慧挤出了人群走了。高大呆呆地望着他们远去。高大突然追了上去，追到他们的面前拦住了他们。高大弯下腰去，深深地鞠了一躬。高大抬起头来时，眼泪布满了脸庞。高大说，对不起。高大说，对不起对不起。高大说，对不起对不起对不起。

人群再次围了上来，再次把他们围住。一位美丽的姑娘，向大家收着钱。他们要捐钱给柯良希望小学。高大也捐钱了，高大掏出一把皱巴巴的零票，我相信他一定也是一个不宽裕的打工者。我把仅有的一张崭新的百元币塞到了姑娘的手中，姑娘的大眼睛看了我一眼说，海侦探，你也是好样的。我想那时候我的脸红了，离开人群的时候，我在想，是因为姑娘的大眼睛让我脸红了呢？还是因为姑娘夸我而让我脸红了？

　　我穿起了风衣，戴上了墨镜，离开了人群。现在我的口袋里一文不名。我给大宝打了个电话，我说大宝，你的老婆是好样的。说完我就挂断了电话，我只听到电话里头的风声。然后我出现在玲子供职的酒吧，白天酒吧里基本没人。我要了一瓶啤酒，玲子亲自为我打开。玲子说，海侦探，你的侦查情况怎么样了？我说，我不干了。

　　我把墨镜和风衣除下，我就只剩下一个从前的我了。我笑了一下，本来想说，玲子，我又失业了，我真是没用，我真是太穷真是太对不起你。但是话到嘴边，却变成了，玲子，秋风它一阵一阵吹着，你说，梅花碑的秋天，也已经来临了吧。

小鬼当家

○ 韩昌盛

李老师正在读课文的时候，班里进来一个人。

是一个小伙子，长长的头发，惊慌不定的脸。他抓过最前面一排的胡旭升，掏出一把刀横在他的脖子前。

教室里一下子没有一丝声音。马上，几个男生高兴起来："抢劫！跟电影里一模一样。"坐在教室最后排的崔浩拉了一个架式："把刀放下，我是警察。"小伙子恶狠狠地剜了他一眼："坐到自己的位子上去，不准再说话。"

几个女生哭起来，捂着眼睛。

李老师说："小兄弟，有话好好说，不要伤了孩子。"

小伙子看看她一言不发。

李老师拍拍粉笔灰，走过去。"站住，过来我就杀了他。"小伙子把刀指向她。李老师停住脚步，微笑着。"别吓着孩子，他们胆小。"李老师的目光很亲切，"把刀放下，不要开玩笑。"

小伙子看着李老师，不说话。

李老师说："你年龄也不大，也还是个孩子，不能开这样的玩笑。"小伙子还是不说话。过了一会儿，他挥舞着刀："我没有开玩笑，我就偷了两块面包，差点被他们打死。"他又把尖刀指着一个企图从身边溜走的孩子："回去，不然我杀了你。"

李老师看着他，伸过手去，抱回那个孩子。

班里更多的女生开始大哭，离开小椅子，向老师跑去。

李老师拍着手，示意大家安静。她拿起一支粉笔，写下四个字：小鬼当家。"你们知道小鬼当家吗？"几个男生点点头。"今天是我们学校举行的一项演习活动，当有坏人来到校园时，我们应该怎么办？下面就请你们想想办法吧。"李老师又写下了"面对歹徒"四个字，并且在下面划了一条横线。

她看看小伙子，他没有说话。

女生们高兴起来："原来是这样。"李霜霜掏出一包纸巾："叔叔，你擦擦汗。"张慧跑回位子拿出自己的矿泉水："叔叔，你喝水。"小伙子看着她们，又把目光跳向李老师。

李老师拍拍手叫回她俩："我们在演习，得跟真的一样。"张慧歪着头："可是叔叔是演员，他已经累出了汗。"

小伙子的脸上真有密密的汗珠。

李老师说："小朋友们回到座位上想想办法，我来和胡旭升交换。"她拉回前面的三个女生，走过去。小伙子再次把刀指过来："你别逼我。"

班长史方方跑了过来，拽住李老师："我是班长，应该我来换。"大个子李强说："我个子最大，我来换。"后面的男生都举起手，教室里充满了喧闹声。

小伙子使劲勒了一下，胡旭升叫了起来。"别嚷嚷，再说我杀了他。"他把刀在胸前比画了一下。

李老师灿烂地笑了："小朋友们，叔叔演得像不像？"五十多个孩子异口同声："像。"李老师歪着头："那下面你们应该怎么做？"

张慧站起来："叔叔，我给你唱一首歌，你肯定喜欢听：采蘑菇的小姑娘，背着一个大竹筐……"她的歌声很甜，她唱得很认真。李霜霜举起一只纸船："叔叔，我刚叠的，送给你，你放了他。"许多只手举起来，手上面有文具盒、铅笔，有玩具熊，有玩具车，有酸奶瓶，五花八门的，很好看。

小伙子把刀挪到另一只手上，捋了捋头发。

李老师把手摁下去，叫大家坐下："你们都动了脑筋，相信叔叔会感动的。让我们共同唱一首歌，献给他。记住，要响亮，叔叔听了才喜欢。"

李老师优雅地伸出手，邀请胡旭升和大家一起唱。小伙子把胳膊松了松，胡旭升揉揉嗓子，跟着唱起来。

门开了，冲进来四五个人。有校长，还有警察。小朋友们笑了，鼓起了掌。

小伙了看了看李老师，目光跳了一下，亮亮的。然后把刀递过来，举起手。

孩子们跳跃着，挥着手："再见，演员叔叔。"警察愣了愣，问校长："谁是演员？"

李老师走过去，给他捋了捋头发："孩子们都说他演得好。"

小朋友们眉飞色舞地抢着说："真像，跟电影里一模一样。"李老师坐了下来："你们演得也好，都是聪明的小鬼。"

她悄悄地把手在裤子上蹭了蹭，湿漉漉的。

化　装

○刘国芳

　　打扰领导的人实在太多，领导上班时，一拨一拨的人来找他。有时候，找的人在外面排着队等着，一个人从领导办公室出来，另一个人立马蹿进去。不仅是在上班的时候，就是在家里，也不停地有人来打扰领导，一个接一个地找上门来，让领导不得安生。

　　领导其实很想清静，至少在家里，领导想清静些。为此，当领导有一天看见妻子化妆时，领导也忽发奇想，给自己化起装来。领导找来一套打着补丁的皱巴巴的旧衣服穿在身上，裤脚扎得一只高一只低。领导还把头发弄得乱七八糟。甚至，领导还把一块假胡子贴在嘴上。这样一化装，领导看起来就像个农民或者农民工了。领导才化装好，就有人按门铃了。领导把门打开，看见一个很熟的人站在门外。但这个人竟然没认出领导，他看着领导说："请问张部长在家吗？"

　　领导说："张部长出去了。"

　　门口的人又说："你看起来有些像张部长，你是他什么人？"

　　领导说："我是他弟弟。"

　　门口的人笑笑，转身走了。

　　不一会儿，门铃又响了。领导把门打开，看见门口也站着一个熟人。这人仍没认出领导，只问着说："请问张部长在家吗？"

　　领导说："张部长出去了。"

门口的人又说："你看起来有些像张部长，你是张部长乡下的弟弟吧？"

领导说："我是乡下来的。"

门口的人也笑，然后走了。

这以后，领导就经常化装，把那套打着补丁的皱巴巴的旧衣服穿在身上，裤脚扎得一只高一只低。头发也照样弄得乱七八糟的，再在嘴上贴一块假胡子。这样子，真没多少人认得领导了。领导甚至会这样走出去。以往，领导没化装时，领导一走在街上，很多人都认识他。领导一路走着，一路上都有人跟领导点头，打招呼。领导也得一路跟人家点头，打招呼。但化了装出去，没人认得领导。当然，也有一些人会多看领导几眼，然后跟领导说："你有些像张部长呢。"

又说："但张部长不可能是你这样子。"

领导通常不做声，但有一回，领导故意跟人家说："我就是张部长。"

领导这话说过，人家大笑起来。笑过，人家说："笑死人了，你是张部长，你怎么会是张部长呢，你看你有一点儿官相吗？"

轮着领导笑了。

这后来的一天，领导出事了。领导很烦别人打扰他，但领导私下里还是跟几个开发商特别好，而且拿了人家很多钱。这当中一个开发商出事了，把领导招了出来。这样的事不会密不透风。不知一个什么人，这天就打了领导的手机，告诉领导某某出事了，让领导出去避一避。领导一听，吓得脸色煞白。领导的妻子当时也在，看见领导脸色大变，便问领导出了什么事。领导当然告诉了妻子。妻子听了，也吓坏了，但妻子还算镇静，她也让领导出去避一避。领导这就要出门了，但妻子又拦住他。妻子说："你平时不是会化装吗，你今天出去更要化装。"

领导觉得有理，立即把那套打着补丁的皱巴巴的旧衣服穿在身上，同时把裤脚扎得一只高一只低，头发也弄得乱七八糟，还在嘴上贴一块假胡子。化好装，领导就出门了。但才走出楼道，几个人就走了来。他们中的两个人领导认得，是纪检的。他们也看见了领导，他们拦住领导说："你是张部长。"

领导说："你看我这样子，会是张部长吗？"

他们又看了看领导，然后说："不要装了，你以为你化了装，我们就不认识你呀？"

这话一说过，领导吓瘫了。

味

○ 刘　柳

　　小欣陪邻家大孩子上超市，两人在琳琅满目的食品货架前走着，两双眼睛左右望着那些诱人的果脯、蜜饯，口里不断发出"啧啧"的声音。

　　忽然，小欣被一袋桃脯吸引了，透明的薄膜裹着黄黄的、嫩嫩的桃脯，小欣似乎闻到了桃脯特有的清香。他咽了咽口水，叫住了邻家大孩子，跟他说："看，这袋桃脯一定好吃，你买这个吧！"

　　邻家孩子看了看标签："太贵了，4块8角，我只有1块钱。"说着，要拉小欣去挑他买得起的东西。

　　小欣跟着邻家孩子去，但不时地回头，左一眼右一眼看着那袋桃脯。

　　邻家孩子买了一袋怪味花生后，就要出去。小欣拉着他，又来到那袋桃脯前，呆看着。邻家孩子见了，就说："这袋桃脯看起来很好吃！"

　　"嗯，我真想吃。"小欣喃喃地说。

　　"那你叫你爸爸给你买呀。"邻家孩子说。

　　"我爸不会给我买的。"小欣说。

　　邻家孩子皱了皱眉头，四处看了看说："现在四周都没人，你身上不是有小刀吗？你用小刀割破袋子，悄悄拿一个出来吧，就拿一个。"

　　小欣瞪大了眼："那不是偷吗？"

　　"你那么想吃，你爸爸又不会给你买……"

　　小欣点点头，四处看了看，然后，用小刀把透明的薄膜割了一个小洞，迅速拿出一个桃脯……

一出超市，小欣就和邻家孩子飞跑起来，跑了老远，两人才停下来。小欣从口袋里拿出桃脯，盯了老久，忽然递给邻家孩子说："你先吃，但不可以把这事告诉别人。"

邻家孩子拍了拍胸脯跟小欣说："我们同上了一条贼船，我怎么会乱说呢？"

小欣听了，就把桃脯递过去，邻家孩子迅速咬了一口。但嚼了几下，邻家孩子说："咦，这桃脯怎么这么苦呀？"

小欣听了，拿过桃脯也咬了一口，真的，这桃脯苦苦的，涩涩的。

"真是好看不好吃。"邻家孩子说。

一连几天，小欣都被这件事缠绕着。脑中一直在想：我是一个小偷了，我真不该……连做梦，小欣梦见的都是那袋被他割了一个洞的桃脯。

几天后，小欣的父亲上超市买东西，小欣跟了去，并一直磨着父亲给他买一袋桃脯。终于，父亲答应了。小欣拉着父亲来到果脯货柜前，买下了那袋割坏的果脯。

一到家，小欣就叫来邻家孩子："我把那袋桃脯买回来了。"说着，把桃脯递给邻家孩子，还说："给你吃一个。"

"不要，这桃脯是苦的，我不吃。"

小欣也不勉强，自己拿出一个桃脯来，咬了一口。小欣说："哇！这桃脯好甜呀，味道真好。"

邻家孩子听了，惊讶地说："这袋桃脯我们上次不是尝过的吗？味道苦苦的，怎么会甜？"说着也把一个桃脯往嘴里放。

"奇怪，味道怎么变了？"邻家孩子一脸的不解。

醉知县

○张晓林

　　围镇人刘醉，原是一破落户。他没有什么嗜好，就爱三天两头去小酒肆醉上一回，家里值钱的东西都叫他扔进酒缸里去了。后来，他便赊账。这一赊，可就赊了一个大窟窿。眼看年节到了，他怕酒保登门讨债，就动了出去躲躲的念头。

　　夜间，他对妻子说："我要去汴京一趟，你在家照顾好老母亲！"

　　来到汴京，刘醉替别人卖果子谋生。自己混个肚儿圆不说，运气好了，倒还能积攒下来几钱的银子。有一天，刘醉卖果子来到一处深宅大院前，抬头看看，见是相府，正想吆喝两声，忽见大门洞开，十几匹高头大马绝尘而出。刘醉躲闪不及，一顿鞭子，将他抽翻在地。

　　刘醉在地上哭喊："我有何罪，受此毒打！不要说宰相，就是皇帝，也得论理吧！"

　　一人闻言，便停了马，对两个随从说："把这个人带到后院，等我回来有话问他！"

　　进了相府，刘醉心里忽然有些害怕。不久，那人回来，把刘醉领进住室，猛地拍他一巴掌，说："还认得我吗？"

　　刘醉抬起头，仔细看了半天，惊喜道："这不是二姑家的大表兄吗？这么多年没听到你的消息了，你打小没读过书，怎么当宰相啦？"

　　表兄笑笑："我哪里当了什么宰相，我只是宰相的一个仆人。"

刘醉更吃惊了："一个仆人？一个仆人就这么威风？"神色之间，便有了向往。表兄看出来了，道："表弟要想谋个一官半职，倒也不难，容兄弟给你谋划谋划。"

过了一段时间，刘醉果然出任考城县令。

刘醉到了任上，每天都要衙役打来七八斤上等的好酒，也不要陪酒的，只一盘焦花生米，一盘猪头肉，怡然独酌。有一回喝多了，忽然有人击鼓喊冤，刘醉正在兴头上，受此一吆喝，败了雅兴，他就生起气来，升了堂，怒睁醉眼，惊堂木拍得"啪啪"响，嘴里一个劲儿地喊："打，打，打……"却不见他往下掷签子。这可难坏了差役。一个差役斗胆问道："老爷，打多少？"刘醉伸出两个指头，含混不清地说："再打二斤！"

差役哄然大笑。

又一回喝醉了。一个老裁缝来告儿子不孝，说自己把手艺全都传给了儿子，可现在儿子却不养活他了。刘醉大怒："不孝是重罪，你先回去，我马上派人去抓那个小王八蛋！"老裁缝走后，他却趴在公堂上睡着了。一觉醒来，忽然记起了裁缝告状的事，忙喊："衙役，把裁缝叫来！"

差役以为县令要做衣服，就把平日和县衙来往密切的一个裁缝叫了过来。

刘醉大怒升堂，喝令差役打裁缝三十大棍。行刑完毕，这个裁缝哭着问道："老爷，小人犯了何罪？"

刘醉骂道："你连自己的老父亲都不肯养活了，还说无罪吗？"

裁缝小声嘟哝："小人三岁时父亲便死了，又从哪里来的父亲？"差役也在旁边说道："老爷，裁缝说的是实话，我知道他的底细。"

刘醉骇然，声音都变了："刚才来告状的，莫不是鬼吧！"

像这样的笑话，刘醉闹得多了。

这一年，钦差来陈留府视察。考城隶属陈留，刘醉的表兄和钦差的幕僚是朋友，就私下托幕僚单独把刘醉给钦差引见引见。

幕僚差仆人去请刘醉。

刘醉进了钦差的行宫，见宫内金碧辉煌，头就晕了。到了侧房，见上面坐了一个人，衣着华贵，气宇轩昂，心想，这便是钦差了。紧跑两步，磕头就拜。幕僚暗笑，说："错了，钦差大人正在里面小憩。"

刘醉尴尬，羞愧得像个红脸关公。

幕僚把刘醉领进客房，让他先等着。刘醉见客房装饰朴素，墙上连一幅字都没有，远不如门房豪华，又想，这一定是下人的住处，这回可不能再小看了自己，让别人笑话！就在上首座位上坐了下来。也巧，钦差睡醒从里间走了出来，见上座有客人，也不知道来头，便拱手寒暄。

刘醉见是一个穿着青色长衫的人，根本没想到会是钦差，很随便地问："足下高姓？""刘。"刘醉又道："足下与本官同姓，可喜可贺！"

幕僚听客房有交谈声，从门缝里见钦差已起床，赶紧过来，把刘醉的简历递给钦差。刘醉这才知道面前这个人的来头，一时吓得糊涂了，"扑通！"跪在地上，曲膝前行，嘴里本想说："小人该死！"可一出口，却变成了："大人该死！大人该死！"

钦差勃然大怒，喊人将刘醉赶出门去。

刘醉走后，钦差越想越恼怒，便把刘醉的名字、职务牢牢地记在了脑子里，暗暗道："回去后禀明圣上，一定给他个撤职查办！"

数日后，皇上召见钦差，问了问这次下去的一些事情，忽然又来一句："陈州府空缺，你看何人可补？"

钦差正想着怎么处置刘醉一事，没想到皇上会有这么一问，心下一急，平时托他走路子人的名字竟一个也记不起来了，脑子里只剩下刘醉一个人的名字，只得跪到地上，奏道："考城县令刘醉可补此缺！"

死 帖

○闵凡利

如蚁从主人手里接过帖时，吃了一惊，因为上面清楚地写着两个字：孟仲。

说起孟仲，如蚁知道，那是善州百年不遇的好官。爱民如子众口皆碑，他到善州不到三年，为善州的老百姓办了很多的实事、好事，善州的老百姓称他为"孟青天"。

如蚁也知道，他是个孤儿，自从主人把他抚养成人后，他就不是他了。主人对他倾尽了心血，目的是把他培养成血光门的骄傲，成为当今武林的一代盟主。主人知道如蚁行。

主人知道如蚁的活路，更知道他的脾性。俗语说，知子莫如父，知徒莫如师。如蚁眼里闪出一丝惊讶时，主人已捕蜻蜓一样一下子把正在飞翔的翅膀捏住了。

主人说："我知道孟知府不该杀，但我接帖了，就该杀。"

如蚁没有说啥，只是低着头，看着脚下的地。

主人说："不该杀也得杀，我们没有选择的余地。"

说起来，主人一般的活都不交给他。主人手下有很多的杀手。但若交给他，说明这个活儿非他莫属。

主人看人很准，该谁干的活就谁去，从无差错，所以血光门自从在江湖上露面以来，从没误过帖，逐渐成了江湖上人人闻风丧胆的第一大杀手集团。

如蚁明白，主人很犯难，一般的是接过帖来，主人一看，就吩咐谁去。而今天，主人给他说了这么多，如蚁知道，主人很难受。

主人说："孩子，其实这个尘世上的很多人都该杀，可我们却杀不了，不该杀的人却都无端端地死了。如蚁，我们都还没有修炼到心如止水，因为我们都还知道什么是好，什么是坏，对于一个杀手来说，这是一个悲哀。"

如蚁没有说啥，只是又看了一下帖。帖上还是那两个字：孟仲。

主人说："孩子，记住，我们是杀手，接人钱财，替人消灾，这是血光门的规矩。我们这些人生下来就是一部机器，就是一部专门杀人的刀子，我们是不能有感情的。"

如蚁按了一下腰间悬着的玄冰剑。

主人说："想一想来到尘世的哪一个人不是在受苦呢？人是不愿到这个世界上来的，假如你听到新生婴儿的第一声啼哭，你就会明白这降临是多么的不情愿，是多么的委屈。所以，我们是在帮他们脱离苦海，我们是在帮他们做善事啊！"

如蚁知道主人动了情。因为主人眼里有泪花在晶莹莹地开，那花开得很浑实。这是从没有的事。

主人说："我知道你是一个很仁义的杀手，在血光门中，唯有你最有情。你在每一个死者临终前，都替他们做一件事，让他们无牵无挂地走，所以，这个活，我决定让你去干！"

这是个夏初的夜，潮乎乎的风儿热热闹闹地刮。如蚁来到善州孟大人的府宅。孟大人正在书房里挑灯阅文。孟大人看得很入神，如蚁站在他的对面有半炷香时间了，他也没发觉。

孟大人正在看很厚的谏文。孟大人看后拍案而起，然后骂了一声脏话。然后发现了如蚁。

孟大人很平静。说："你来了。"

如蚁没有吭声。

孟大人说："你是如蚁？"

如蚁说："我是如蚁。"

孟大人说："我没想到，你来得这么快。"说完孟大人笑了。孟大人笑得很爽朗。孟大人好像胸有成竹，一点也不畏惧。

如蚁说："你知道我，也说明你知道我的规矩，就是替我剑下之人办一件力所能及的事。你说吧，我不会让你失望。"

孟大人长叹一声说："天已入夏了。你也知道，荆河年年泛滥，关键是荆河两岸河床低矮，承受不了上游汹涌而至的山洪。如若在荆河上游修一道堰闸，汛期时关闭，让荆河上游的洪水直接进小清河流入西边的微山湖，我想就不会有事了。"

如蚁说："这事与我无关。"

孟大人说："这事与我有关！"

如蚁不解地望着孟大人。

孟大人说："我从到善州的那天就知道这儿年年洪水泛滥，荆河两岸的百姓流离失所，无家可归。三年来，我一直有个愿望，就是在荆河的上游筑一道堰闸，无奈，县库房里没有银饷。我当的是一个无用的官啊！"

如蚁看着孟大人。

孟大人眼里渗出了泪。孟大人说："我知道你是一个仁义的杀手，很多人都怕你，可我不怕你，而且，我从到善州任知府的那天起，我就盼着你来杀我了，因为我知道你的规矩。"

如蚁的心动了一下，这个时候，如蚁再仔细看泪花烛红的孟大人时，猛然发现孟大人好眼熟，和他熟识的一个人很相像。

孟大人说："在我临死之前，我求你一件事，就是给我绑架一个人。"

如蚁问："谁？"

孟大人说:"黄玉霸!"

如蚁听说过黄玉霸,是善州的大富之家。可以说,整个善州有三分之二是黄玉霸的。况且朝廷里还有亲戚,家中金银珠宝堆积如山。

如蚁问:"为什么?"

孟大人说:"荆河修堰闸的费用我不想从百姓身上收缴了,况且,收也收不够。我想请你去向黄玉霸要一批银两。有了这批银两,堰闸也就能修起来了。因为我夜观星象,今年善州将有一场百年不遇的洪灾,如若修了堰闸,筑高荆河两岸的河床,今年的洪水也就能治住了,荆河两岸日后就不会再荒凉了。"

如蚁望着孟大人。孟大人向如蚁弯了腰。

孟大人说:"为了善州这二十万百姓,我孟仲向你叩首了!"

如蚁把剑按进了鞘。如蚁说:"好,我答应你。银两十日之内我给你送来,你的人头我先暂寄你头上十日。"说完,转身而去,瞬间无息。

第二天,孟大人就闻听黄玉霸被绑架了,索要银两五千万两,否则,撕票。

谁敢这么大胆,太岁头上动土,连皇亲也敢绑架。当人们知道是江湖上鬼见愁杀手如蚁,都噤若寒蝉,那可是当今天下无人匹敌的第一号杀手。

当然黄玉霸的家人也不是善类,在黑白双道找了很多人,出了很多的银两,可人们都不敢应招,都不敢蹚这趟浑水。谁也不敢拿着自己的脑袋玩。

结果是银两如数送到。

如蚁站在孟大人跟前说:"银两我已放在你指定的地点,我要办的事办完了。"

孟大人猛地跪下了,给如蚁磕了一个响头,孟大人两眼迷离,说:"我代表善州二十万百姓,谢谢你了!"

说完，从腰间抽出宝剑，就向脖子刎去。

如蚁伸手捏住了剑锋，孟大人不解。如蚁望着孟大人说："堰闸完工之际，才是你人头落地之时。为了你的堰，我再给你一个月的时间。"

孟大人考虑了一下，说："好，我一定把这道堰筑好。"

如蚁第二次来到孟大人府宅时，那时正下着雨。是一场百年不遇的大雨。孟大人望着如蚁手中的剑，又望了一下天上的雨说："再答应我一件事，我想再最后看一眼我的堰闸！"

如蚁的心一动，泪就流了下来。如蚁答应了。

两人来到堰坝上时，荆河上游的洪水如脱缰的疯牛咆哮着撞来。如蚁只感觉脚下一震，接着洪水便乖顺地向小青河流去，看着那垂头丧气的洪水，望着脚下固若金汤的堰坝，孟大人脸上露出了笑容。孟大人说："我可以放心地走了。"

孟大人说："如蚁，你出剑吧！"

如蚁很被动，只好抽出剑。如蚁的剑抽得好慢。如蚁望着孟大人。如蚁的剑在抖。

孟大人知道如蚁为什么抖。孟大人就笑了。孟大人就故意说："如蚁，小心，背后有人。"

如蚁一分神，同时发现，孟大人身后正有一个人向他奔来。这时，孟大人用胸膛向他的剑上撞去。玄冰剑尖从背后钻了出来。剑尖滴着血。接着，就被雨洗净了，只有剑在雨中凉。

如蚁愣了。

孟大人说："我说过，我不会坏你的规矩。"而此时，远处飞来的蒙面人一下子把孟大人抱住了。蒙面人叫了声："二弟！"

孟大人看了一下蒙面人说："哥，我对得起爹娘了。"

蒙面人拉下了面巾，如蚁傻了：蒙面人是主人。

如蚁呆了。

孟大人说："哥，那个帖是我差人送给你的。只有这样，堰闸才会修起来。我谢谢你了。"

孟大人说："哥，知道我为什么修这个堰闸吗？"

主人其实知道弟弟为什么修这个堰闸，可主人还是摇了摇头。

孟大人说："我这是在为你赎罪啊！"

孟大人说："哥，洗手吧！"主人看着弟弟，孟大人像是睡了。很满足。主人又看了一下如蚁。如蚁在看着剑。如蚁的剑在雨中流泪。

主人望着雨，叫了一声："天啊！"

大雨滂沱，真是一场好雨！

柳如剑

○乔　迁

柳如剑在喝酒。

柳如剑在用剑喝酒。

柳如剑的剑没有剑柄，只有一尺剑身，像柳叶一样的剑身。但它是剑，柳如剑的剑。

江湖上只有柳如剑的剑只有剑身没有剑柄。柳如剑的剑只有做两样事的时候才可以看见，平常时没有人能看得到柳如剑的剑，但都知道，剑就在柳如剑的身上。喝酒的时候柳如剑的剑才会露面，再有，就是柳如剑杀人的时候。

柳如剑的剑插在酒坛上，坛里的酒顺着柳如剑的剑喷射出来，酒带着浓烈的香气在空中划了一道白亮优美的弧线，正正好好地落入柳如剑的口中。

柳如剑喝酒不用酒杯，不用手，只张开口接住落下的酒。

江湖上又有谁有如此的功力呢？剑已被柳如剑运用得像自己一根灵活的手指。

只是，这根手指沾满了血腥。

柳如剑杀人无数。柳如剑杀的人并不都是大奸大恶之人。柳如剑之所以能成名于江湖，是许多剑客的生命成就的，包含着一些侠客的生命。

人在江湖，身不由己。柳如剑常常愧叹，却又不得不出剑伤人。

现在，江湖上已没有人能够打败柳如剑了。但仍有许多许多的人想打败柳如剑和取得柳如剑的性命。想打败柳如剑的人是想成为江湖第一的人。要取得柳如剑性命的人是被柳如剑打败或被柳如剑杀死的人报仇的人。

春去秋来，年复一年，柳如剑还活着。活着的柳如剑还是江湖第一，还是要杀人，还是每天都要喝酒，每天都要面对想打败他和来找他报仇的人。

有人向柳如剑走来了。来人轻功甚好，走路如秋叶轻盈飘落。即使如此的脚步对柳如剑来说，发出的声音也有如击鼓在耳，隆隆作响。江湖上无人不知，只有不发出超出蜻蜓点水的声响，才能有一半的机会偷袭柳如剑。

江湖上除了柳如剑，还有谁拥有蜻蜓点水水无声的功夫呢？

脚步声近了。柳如剑没动。酒还在不断地滴落口中。来人拔剑，剑鸣声声。柳如剑不看来人，柳如剑只听了拔剑的声音，喝完了最后一滴酒，幽幽说道：把你的剑收回去吧，从你拔剑的声音我知道你是来找我报仇的，但你接不住我一招。

来人不说话，剑光一闪，直指柳如剑。

柳如剑轻叹一声：退去吧，我不想杀你。柳如剑目视来人，一件黑袍裹着纤弱的身躯，一张清秀的脸，一双仇恨却又有些妩媚的眼睛，如果不是颌下黑密的胡须，柳如剑想他就应该是个女子。

柳如剑不杀女人。柳如剑立有重誓，杀女人者死。柳如剑的誓言包括他自己。

柳如剑挥了一下手，像驱赶一只蚊子似的挥了一下手，柳如剑的剑已夹在了柳如剑的两指间。柳如剑转身走去。

黑袍人的剑出手了。在柳如剑转身的时候出手了。

柳如剑眉头蹙动了一下，身影一闪，已然闪开了黑袍人刺过来的剑。

一剑而过，柳如剑的脸上已现杀气。柳如剑冷冷地说道：再次对我举剑的人是要死的。你退走吧。

黑袍人腰身一拧，手中的剑毫不迟疑地再次奔向了柳如剑。

柳如剑身影未动。一道闪电，柳如剑的剑出手了。

黑袍人的眉心有了一点红，慢慢盛开成一朵鲜艳的花。手中的剑颓然落地。

柳如剑望着即将死去的黑袍人，面色凄然。

黑袍人手中突然闪现了一把锋利的短刀。刀光一闪，黑袍人用尽全身的最后一口气力挥刀而落。刀不是划向柳如剑，刀太短，碰不到柳如剑，刀是从黑袍人自己的身上划过的。一刀落下，黑袍人的黑袍发出噗的一声微响，已然分开，脱落。一具洁白娇美的胴体赫然出现在柳如剑的眼前。

柳如剑惊愕。那洁白娇美的躯体分明是个女子之躯。可女子颌下的胡须，也是真的胡须。

柳如剑恍悟。女子每日剃刮颌下，日久天长，必有胡须。一个女子，竟能忍受如此毁容之痛，誓杀他柳如剑，柳如剑不如也。

柳如剑仰天长笑，女子身躯缓缓倒下。

柳如剑的剑出手了，没入了自己的身体。

像棉絮一样的云

○周　波

我找桑老师，我急着要找桑老师。

找到桑老师了吗？同学 A 问。

还没有。我搓了搓手说。

桑老师可能还没到，我们都在等她。同学 B 说。

那我再等等，她不会不来的。我说。

会议室不大，同学们一个个地挨着坐。都是几十年没见的小学同学，挨紧了能感觉到小时候的一股温暖。当年课桌上划三八线保持距离，现在一厘米也不想留。

找桑老师有急事？班长是个女的，过来问。

也没啥事，想和她聊聊。我说。

我们这些同学印象最深的就是桑老师，我一直记得她上课很严厉的。班长微笑着说。

我也笑了笑。我对这位女班长的记忆却不是很深，只记得当年是我们的头儿。当年小学里显然还没有校花之说，不过，我看她现在模样，还是风韵十足的。

其实，这会儿已来了很多老师，我一个个地前去招呼。老师们很忙，忙着与同学们握手。

桑老师来的时候，响起一片掌声。我也鼓了掌。桑老师年迈的身影让我停住了脚步，我张着灯笼似的眼睛看着她向我走来。

桑老师好！我握住了她的手。

你好！她很高兴地说。

然后，桑老师与同学们一一握手。桑老师走入了同学们中间。坐下。

桑老师，周波找您。同学 A 说。

周波？桑老师疑惑地问。

老师好，我一直记着您。我走上前去，再次握了握她的手。

瞧我记性，这么多年了，很多人和事忘得一干二净了。桑老师说。

老师，这些年我一直记着云的事。只要抬头望见天上的云，我就会想起您。我说。

什么云？桑老师问。

读二年级的时候，有一回上课，我不认真。老师过来突然指着窗外的云，问我天上的云像什么。我不假思索地说像棉絮。老师您当时狠狠地批评了我，您问我是否亲手摸到过，才会有这种真实的感觉。我当时低下了头，知道是自己开小差。我很认真地向桑老师解说着。

噢，还有这个趣事呀！桑老师笑着说，同学们也大笑起来。

您真的忘了吗？我失落地看着她。

忘了。很多像你这样的学生喜欢和我聊往事，老师差不多都忘了。桑老师说。

我一直记着那件事，现在还是。我说。

这种事多着呢，想起来有几箩筐。同学 B 挤进来说。

这就是你苦苦要找见桑老师的理由？班长也挤过来凑热闹。

是的，我老想起这件事，经常会不自觉地抬起头来看看天上的云。梦中也无数次出现过。我一直想问桑老师为何要我回答这个问题，我的回答错了吗？遗憾的是桑老师忘了。我也很遗憾地说。

同学见面会结束的时候，我跟着大家的欢笑走出门外。我习惯地抬头望了望天空，我又想到了棉絮一样的云。

周波，桑老师找你。同学 C 跑过来对我说。

桑老师找我？我有点激动。

我再次握紧了桑老师的手。

真忘了你刚才说的事，你能再说一遍吗？桑老师说。

读二年级的时候，有一回上课，我不认真。老师过来突然指着窗外的云，问我天上的云像什么。我不假思索地说像棉絮。老师您当时狠狠地批评了我，您问我是否亲手摸到过，才会有这种真实的感觉。我很认真地再次重复刚才的话。

噢，真想不起来了，非常抱歉。桑老师说。

没事，老师，学生记着就行。我突然感觉自己一下子轻松起来，像天上的云一样自由起来。

前几天，我和女儿走在街上。我问她：天上的云像什么？女儿说：像冰淇淋。女儿的回答让我大吃一惊。

昙花网恋

○宗利华

　　他从来没对另一个国家的风土人情、历史文化如此痴迷。他几乎在网上敲遍了所有关于土耳其这个国家的窗口。甚至，听到土耳其的电视新闻都要在心底里闪过一丝毛茸茸的温馨。

　　他做这一切都是为了那个姑娘，一个在遥远的国度做英语翻译的21岁的土耳其姑娘。

　　跟那个有着浪漫激情的法国女郎分手以后，他遇到了贝蒂，一个年轻、时尚，喜欢新鲜花样的小姑娘。老实说，他是对那个小东西（他私下里这么称呼）入迷了。

　　是啊，谁会拒绝年轻、时尚呢？他坐在电脑前，非常含蓄地笑着。想象着那个第三世界的白领丽人小巧玲珑的样子，一股异域风情就很暧昧地浮上心头。他并不掩饰自己，他进入网络交友的目的并不清纯。没有人会指望在网络上能够寻到红颜知己。

　　网络不过是一种虚幻的东西。

　　可贝蒂的出现使他的这种观念有了动摇。

　　聊了不几天，这个小姑娘就把他心底的污秽一扫而光。他以一种前所未有的小心翼翼来与其交谈。贝蒂说，她非常向往那个有着几千年文明的国家，她憧憬将来有一天能够站在中国的长城上振臂高呼，能够站在故宫富丽辉煌宫殿里体味神秘空旷博大的王者氛围。她说土耳其也有漂亮恢弘古色古香的故宫，她绘声绘色地描述圣索非亚大教堂、具有土耳其风情的民族舞蹈，还有骆驼摔跤节。

他没有想到，这个姑娘竟然对自己国家的历史也有着惊人的透析力和体悟力，她谈到土耳其与希腊19世纪末20世纪初的内战时，他分明感觉出了缠绕她心头的那一丝叹惋和哀伤。他正是被这一点一点所打动的，他毫无顾忌地敞开了自己封闭的心灵。他说，历史问题总会给眼前的人或事物留下疮疤。他给贝蒂提起了中国经历的一段时期。他带着忧伤讲述着，红卫兵的腰带，抄家，坐火车不用购票，人挤人，男的拉开车窗玻璃就向外撒尿，女的蹲在人群中就褪下裤子。

他从来没有感觉到，原来聊天也可以使一个人的心空如此澄明。

同时，他想，有时人与人的沟通，是不分国家、种族和肤色的。

聊过数日之后，他们彼此都喜欢上了对方，而且分别做了礼节性的邀请。

那种感觉是悄然而至的。有一天，他一个人独坐，忽的一下，就肯定了自己几天来的想法，他是有点爱上那个姑娘了。他敲击着键盘，微笑着问，如果我真的去了，你高兴吗？

贝蒂同样微笑回答，为什么不呢？来吧，我欢迎你。

他甚至兴奋地在网上旅游公司查清了飞往伊斯坦布尔的机票价格，并设计了最短最实惠的旅游路线，徜徉土耳其故宫，聆听圣索非亚大教堂的钟声，观看异域风情舞蹈，乘船穿越波斯普鲁斯海峡。

他设想一个翘臀细腰肤色黝红健美的姑娘满脸微笑地迎上来，他看见他们两个的影子出现在一摆溜的金银丝手工艺铺子旁边，在罗马皇帝3世纪修建的黑色玄武岩城墙旁边蹦蹦跳跳而过。那个姑娘，那个浑身上下写满历史写满文化讲着一口流利英语的姑娘，轻轻巧巧地后退着，掰着手指历数这方土地被波斯、拜占庭、阿拉伯以及蒙古占领的历史。说罢了，她非常俏皮地指着他说，你，是最后一个统治者。说着，小鸟一般，轻盈地飞离了，隐藏到古城墙的后面去。

可是，正当他从各个角度反复考虑这一计划可能性的时候，贝蒂如同当初神秘而来一样，悄无声息地消失，此前，没有任何离开的征兆。

这时候，他才意识到犯了一个很愚蠢的错误，竟没想到问清她的地址，她的电话。连日里，他像一只不知疲倦的蚂蚁一样，反反复复出入于贝蒂有可能出现的聊天室。可他一无所获。

一天晚上，他正一边吃饭一边看《新闻联播》。突然，他愣在那里！

那组画面上，到处是倒塌的建筑物，医护车、警车鸣响着忙乱着，穿着白色大褂和深色制服的人用担架从废墟中抬出一个又一个的人。

播音员的声音明白无误地告诉他，那个连日来发生地震的国家，正是土耳其！

诱　惑

○中　学

前面挎地质包的，年纪稍大，组长。另两个，年纪较轻，一胖一瘦，组员。三人正汗水水地向山顶爬，边爬边折断树枝，留作标记。

"歇会儿吧，组长。"胖子说。

"歇会儿吧，看看到哪儿了。"瘦子也说。

打开地形图，观察一阵子。三人相觑，苦笑，无语。

他们知道，现在所处的位置仍在图幅以外，距驻地究竟多远，还不得而知。

唉！都是为了追索那条矿脉，才偏离了踏查路线。

"走吧。"组长收起地形图说，"黑天前得赶回去。"

"组长，我中午吃了两个馒头都饿了，可你天天不带，能受得了?"胖子看一眼组长，关切地问。

"哈，今天我还真带了两个。"组长指了指地质包，轻描淡写地说。胖子瞥了一眼地质包的外兜，鼓鼓的，很诱人。

三条汉子继续向前攀着。

太阳，冷漠地收回目光，悄悄地隐没在林海深处。

那一夜，三条汉子蜷缩在山坳一棵粗大的松树下，互相挤靠着，抵御着无情的山风……

天刚放亮，组长就从地质包中摸出罗盘，打了打方向。

"昨晚队里肯定找了咱们一宿，快走吧。"组长说。

翻过两座山，又攀上一座山，眼前依旧是阴森森的林海。

"我，实在……走不动了。"胖子大口地喘着气，瘫坐在一块绿着苔藓的岩石上。

"起来!"组长吼。

"我饿得……受不了啦。"胖子蔫着头，没动。

"起来。"组长用膝盖顶了胖子一下，"下山省劲儿，到山下，吃……"

终于，跌跌撞撞熬到山下。

山谷，一泓清泉，淙淙流淌。三人趴在溪岸，贪婪地喝起来。

夕阳西下。谷地，黑乎乎的。远处有黑熊的嗥叫声传来，叫人头皮酥酥的。

"组长，吃馒头吧?"胖子乞求着。

"吃吧! 组长……"瘦子也乞求着。

"不! 没、没时间了，必须马上离开这儿——翻过这座山，有条公路!"

公路，在这茫茫林海中意味着什么，谁都清楚。可现在腹中空空，饥肠辘辘，加之刚刚灌进一肚子凉水，更觉饥饿难耐。真恨不得抓起块石头啃上几口。

三条汉子艰难地爬到半山腰。胃，一阵阵泛酸。周身闷燥，已没了汗水。鼻子呼出的气，灼唇。

"我，实在……爬、爬不……动了。"胖子有气无力地喘息着，"吃，吃吧?"说着，伸手向组长扑来。

"你! 干什么?"组长把地质包扭向一边。

"我，要吃!"胖子像一头发疯的雄狮。

"你! 敢过来……我，我扔了它!"组长取下地质包，举过头顶，转身面对着山谷。

"走吧，啊？"瘦子抓住胖子的手，摇了摇。

三条汉子蛙泳般，双手吃力地分开密密的灌木丛，向山顶挪着。翻过山顶，来到山下。

果然，一条集材路，灰灰地横在眼前。

三条汉子奔救星般扑倒在公路上。得救了！说不定寻找咱们的汽车一会儿就能开来。三条汉子的眼睛，湿了。

"组长，馒头……"组长摸索着打开地质包，抖着手，把两个鼓鼓的小布袋掏出来。胖子和瘦子忙伸手去接。

硬硬的！原来，布袋里装的，是两块沉甸甸的矿石标本……

身后的眼睛

○曾　平

那是一头野猪。

皎洁的月光洒在波澜起伏的苞谷林上，也洒在对熟透的苞谷棒子垂涎欲滴的野猪身上。

孩子的眼睛睁得圆圆的。野猪的眼睛也睁得圆圆的。孩子和野猪对视着。

孩子的身后是一个临时搭建的窝棚，那是前几天他的父亲忙碌了一个下午的结果。窝棚的四周，是茂密的苞谷林，山风一吹，哗啦哗啦地响过不停。

孩子把手中的木棒攥得水淋淋的，这是他目前唯一的武器和依靠。孩子的牙死死地咬紧，他怕自己一泄气，野猪趁势占了他的便宜。他是向父亲保证了的，他说他会比父亲看护得更好。父亲回家吃晚饭去了。孩子是吃了饭之后主动向母亲提出来换父亲的。

野猪的肚子已经多次轰隆隆地响过不停。野猪眼露凶光，龇开满嘴獠牙，向前一连迈出了三大步。

孩子已经能嗅到野猪扑面而来的骚气。

孩子完全可以放开喉咙喊他的父亲母亲。家就在不远的山坡下，但孩子没有。孩子握着棒，勇敢地向野猪冲上去。尽管只有一小步，但已经让野猪吃惊不已。野猪没有料到孩子居然敢向它反击，嗷嗷嗷地叫过不停。

野猪的头猛地一缩，它准备拼着全身的力气和重量冲向孩子。

在窝棚的一个角落，一个汉子举起了猎枪。正在他准备扣动扳机的时候，一双手拦住了汉子。

汉子是孩子的父亲。拦住孩子父亲的是孩子的母亲。

孩子的母亲一边拦住孩子的父亲，一边悄悄地对孩子的父亲说，我们只需要一双眼睛！

汉子只好收回那只蓄势待发的手。

孩子的父亲和母亲，眼睛全盯在孩子和野猪身上。月光洒在孩子父亲母亲紧张的脸上，他们的担心暴露无遗。孩子的父亲和母亲已经躲在窝棚的角落有些时候了。

孩子没有退缩，也没有呼喊。他死死地咬紧牙，举起木棒严阵以待。

野猪和孩子对视着。

野猪恨不得吞了孩子。

孩子恨不得将手中的木棒插进野猪龇满獠牙的嘴。

野猪喘着呼噜呼噜的粗气。

听得见孩子的心叮咚叮咚地跳动。

月光照在孩子的脸上，青幽幽的。一粒粒的细汗，从孩子的额头缓缓地沁出。

野猪的身子立了起来。

孩子的木棒举过了头顶。

他们都在积蓄力量。

突然，野猪扭转头，一溜烟地，跑了。

孩子长长地吐了一口气。他一屁股瘫在了地上。

孩子的父亲母亲长长地吐了一口气，走了过来。父亲激动地说，儿子，你一个人打跑了一头野猪！父亲的脸上全是得意。

孩子看见父亲母亲从窝棚里走出来，突然扑向母亲的怀抱，号啕大哭。孩子不依不饶，小拳头擂在母亲的胸上，说，你们为什么不帮我打野猪？一点儿也没有先前的勇敢和顽强。

孩子的母亲抱起孩子，重复着孩子父亲的话，说，儿子，你一个人打跑了野猪！母亲的脸上全是赞扬。

孩子继续不依不饶，哭着说，你们为什么不帮我打野猪？

母亲一本正经地说，我们帮了啊！我和你父亲用眼睛在帮你！

孩子似懂非懂。他仔细地看了又看父亲母亲的眼睛，父亲母亲的眼睛和平时一模一样，怎么帮自己的啊？

那孩子就是我。那年我七岁。

无法脱身的小偷

○ 曾世超

　　小偷来到楼房后面，在一排水杉树旁站下，抬头看整栋楼，只有501的灯熄了。这让小偷暗自庆幸，自己判断的果真没错，这趟不会白跑了。

　　现在是七点差三分。501是吴局长的房子，他现在应该在胡县长的宴席上。胡县长今天嫁女儿，酒宴设在全县最豪华的红玫瑰酒家，所以他选择了最有油水的建设局吴局长。吴局长还是胡县长儿子的干爹。干他这一行的，这方面消息注定十分灵通，要得到确切的消息也不难，只要问问乞丐大哥就成。

　　小偷夹着包，大摇大摆地上楼。包里装着一大把开门的钥匙，他试到第三把门就开了。这让小偷有点意犹未尽，建设局局长的房门竟然这么易开。

　　房间倒是挺大，摆设看起来很简陋其实极豪华，都是自然派的，就拿家具来说，都是纯木的。小偷打开电视，他是这行的老手了，电视的声音不仅会让外人以为主人在家，也可以掩盖他翻箱倒柜的声音。

　　翻了大半天，终于翻到了一串项链。看来主人已经有所防犯，自己得赶紧脱身。干他们这行的有个规矩，不能空手而归，哪怕是一个破瓦罐。

　　"叮当……叮当……"门铃悦耳地响了起来。

　　小偷一惊，难道主人回来啦？

　　小偷很快镇定下来。他想，既然按门铃，肯定不是主人回来，主人有

202

钥匙。小偷镇定地打开房门，冷冷地问："找谁？"

门外站着位中年人，中等个头，谦卑地问："这是吴局长家？"

"出去了，你等会儿来。"小偷冷冷地说，就要关门。

门却被中年人用脚抵住，"你是……"中年人问。

"我是他表弟，他赴宴去了，今儿县长嫁女儿，吴局长可是胡县长儿子的干爹，一定得去。"小偷大声说着，用力把门关上。关上门后小偷悄悄擦去额上的冷汗。

既然有人送东西，说明吴局长一定收过不少东西，自己可得再找找。小偷很不甘心，来一趟可不易啊，又踩点又撬门的。

"叮当……叮当……"刚打开柜子，又听到门铃声。

"请问，吴局长在吗？"门外是个三十多岁的人，理小平头，黑脸。

"没在，他赴宴去了，胡县长的女儿今天出嫁。"

"一点儿东西，麻烦你转交。哦，您是……"门外的人问。

"我是他表弟。什么东西？"

"没什么，几瓶家乡的老酒。"

门关上。小偷想，有了这几瓶酒也可以了，说不定里面还有大信封呢。

靠在门板上听听，来人似乎走远了。得等他走远一些自己才出门，不然被遇上了可能就麻烦了。小偷再次把耳朵贴在门板上倾听。

"叮当……叮当……"又是悦耳的门铃声。小偷很恼火，不开门。但门铃固执地响着，一声声那么刺耳，像要捣烂耳膜，一副誓不罢休的架势。

只好开门。

"吴局长在吗？你是……"

"我是他表弟！他们赴宴去了，今儿胡县长嫁女儿。"

"噢，来得不巧。"那人挤进门，把一包东西放在鞋柜上，掏出烟来。

小偷接过一根，点燃。

"胡县长今儿嫁女儿，吴局长怎没通报一声？"那人喷着烟自言自语。

"你是……"

"我旺财建筑公司老钱啊，你不常来？"

"噢……您喝茶不？"

"来杯龙井。"

小偷暗暗叫苦。茶叶放在哪里？

这时，门外传来惊叫声："门怎么开着？"一男一女从门外的阴影里闪出。

怎么办？小偷的脑筋迅速转动起来。

"你这臭婊子，让我在这等了半天。"小偷突然冲上前去挥手重重地掴了女人一巴掌，极愤怒状怒目而视。

门外的女人懵了。

门外的男人傻看着。

小偷愤愤地走下楼去，提着一包东西。

我们为什么收购报纸

○岳秀红

主任走进办公室时一副前所未有的严肃认真样。

主任挥挥手示意大家停止手中的工作停止嘴中的话停止喝茶抽烟一心一意地听他讲话。

主任说："同志们，我宣布今天局办公会议的一个决定：请大家立即上街去书亭报摊收购今天的《晨报》，收购得越多越好。所有的《晨报》都由局里支付大家现金，三块钱一份！还有，你们也可以发动家人和亲朋好友帮忙收购。总之，争取在中午之前，将市里的《晨报》收购一空。十一点半，大家把收购的报纸送到局里，到办公室按份数领取现金！"

顿了顿，主任抬手看看腕上的"劳力士"说："现在是九点零三分，大家马上行动！我们办公室人员主要负责收购从文化路到农业路这一片书亭报摊的报纸。还要注意一点，到书亭报摊收购时不要大声喧哗，只说买下今天所有的《晨报》就行。"

说完，主任转身出了门，跑下楼，带头收购报纸去了。

随即大家也跟着出门，下楼，上街收购报纸——许多人刚刚心算了一下，一份《晨报》赚两块五，100份赚两百五，一千份赚两千五！

大家的步子迈得很快，没有胡侃神吹，没有悠闲的吞云吐雾，没有东瞅瞅西望望，即使是美女帅哥打身边经过，也不回头张望。

大家目标明确——文化路至农业路所有路段的书亭报摊。

有人打电话，给家人和亲朋好友，要求帮忙买今天的《晨报》，越多越好！

还有人找民工，说："帮我买今天的《晨报》，我出一块钱一份！"

最聪明的人包一辆的士顺着街道收购报纸。

十一点半，大家都收获颇丰地回到单位。有人打的运报纸，有人请民工搬，也有节约的人自己扛着回来了。

办公楼的小会议室里很快挤满了人，大家排着长队交报纸领现金。所有人都喜气洋洋眉飞色舞，欢声笑语堆满了一屋子。

这时，排在队伍尾巴上的小李小声嘀咕："我就是想不明白，为什么要我们收购报纸呢？"他终于忍不住发问了。

听见小李的话，大家才跟着在心里问了一句："是啊，为什么让我们收购报纸呢？"

于是，大家都拿起报纸仔细看起来。一上街就忙着收购报纸，还真没有人看一遍报纸哩！是发现了单位的负面报道？是有文章点名批评了单位领导？是报纸上刊登有什么升官发财的秘诀？大家边看报纸边找答案。

最后又是小李发现了答案。小李控制不住发现命案的激动和兴奋，边说边笑出声来："原来如此，原来如此！哈哈哈……"

一帮人马上好奇地围到小李身边，小李指着报纸中缝的一则《寻人启事》——寻人启事

本人丈夫吴财旺（附近照），于半年前某天上班后神秘失踪，在单位找不见人影，问同事也不知去向，打手机或者不在服务区或者关机。若有好心人遇到，无论他现在是正常人或者疯子傻子或者残疾人乞丐，请送他到丽都花园 A 幢 1 单元 402 室。本人当面酬谢现金五万元。

吴财旺何许人也？看报纸的人都不做声了。吴财旺，不正是本单位上任的一把手吴局长嘛！

　　大家四散开去，默默排队默默交报纸领现金。只有小李极其诧异："这么好笑的事，大家为什么不笑？"

正步走

○秦德龙

公安人员分析，他们要找的那个人，就在这个矿区。经过排查，几十个单身汉，被集中到了操场上，由公安人员认定。

他果然就在这群汉子里。他原先叫什么名字，现在显得很重要了。八年前，他从劳改农场跑了出来，隐姓埋名，做了个下窑掏力的矿工。

他竭力要忘掉原来的那个自己，试图让噩梦永远消失。凡是别人不愿意干的活儿，他都干。凡是吃亏的事，他都做。每年，矿里都要评他当先进，可每次都被他婉言谢绝了。他也不张罗女人，山沟里有几分亮色的女人，都很喜欢他，却都遭到了他的冷眼。

他要彻底埋葬原先那个自己，重新做人，安安稳稳过一辈子。

一想到坐牢他就害怕，尤其不能忍受牢头狱霸的欺压。他清楚地记得，刚进去那天，他就被那群浑蛋们折磨得死去活来。

还有，犯人们每天都要在太阳底下练正步，这是他最难受的时候，他从小就从电视里知道，走正步的，都是威风正派的军人和警察。而自己呢，算什么？披着一身囚服，走正步，他感到非常耻辱。他这个心理障碍，三年后才得以克服。后来他走的正步，已经达到接受检阅的水平了。

如果他服从判刑，现在也该从劳改农场出来了。

但那次接受检阅后不久，他还是逃了出来。正好，这座矿山招工，他就混入了工人队伍。

他也预感到，总有一天，公安人员会找到这里，抓他回去，继续坐牢。他用尽了所有智慧，延缓着这一天的到来。

但这一天还是来了。公安人员把他们一集合，他就知道有自己的戏了。

窑汉们已经排好了队，在公安人员面前走来走去，队伍起初是零散不堪的，如乌合之众。忽然，有个公安人员喊了一声："正——步——走！"窑汉们的胳膊就有节奏地甩动起来了，双腿也找到了节拍。

他下意识地挺起了胸脯，将双臂甩得规范而又威武，一双皮鞋也被他跺得咔咔响。他仿佛成了队伍的核心。窑汉们都自觉地向他看齐了，甩出了铿锵有力的步伐。

他就有了一种久违了的感觉。

是的，他一甩正步，就被公安人员认定了。公安人员凝视他片刻，喊出了他的真名实姓。他没有惊慌，双腿立正站着，双手朝前伸了出来。

公安人员没有给他戴手铐。那个面色苍老的公安人员，当众宣布，他没有罪，之所以来找他，是接他回去平反的。

热泪顺着他的脸颊流了下来，他呜咽了。

他跟在公安人员的后面走了。可他一迈开步子，就是甩正步，惹得周围的人笑声不止。他很想纠正自己，可怎么也纠正不过来了。

就这样，他昂着头，甩着正步，离开了生存五年的矿山。

看破空城

○厉周吉

且说司马懿领兵退回街亭，屏退众人，问两个儿子对今日之战有何感想。

次子司马昭曰："我早就怀疑诸葛亮无军，在我看来，从西城匆匆退兵，似乎不妥。何不先派三五千人入城探明虚实，倘有埋伏，再退兵不迟。"

司马懿默然不答，转头看长子司马师。

司马师曰："如派兵入城，必遭埋伏。我仔细观察过，诸葛亮坐于城楼之上，笑容可掬，毫无惧意，焚香操琴，琴声悠扬，一丝不乱。城门内外洒扫街道的百姓，见大军来而旁若无人，如不是早有准备，岂敢如此。"

司马懿叹曰："如此小小伎俩都识破不了，以后何以成就大事！"

司马兄弟茫然不解。

司马懿又道："西城绝无埋伏，诸葛亮身边也无将可用。"

兄弟俩同时惊倒。

问曰："何以见得?"

司马懿反问道："四门大开，意欲何为?"

"引我入城。"

"诸葛亮坐于城头，又欲何为?"

"诱我抓他。"

"扮做百姓的士兵见大军来却故作镇静，又能说明什么?"

"准备充分，毫不惧怕。"

"诸葛亮笑容可掬，操琴一丝不乱，又想显示什么?"

"胸有成竹，临变不惊。"

"既然要骗我们入城，为何又要向我们显示早有准备?"

司马兄弟再次惊倒。

叹曰："天大的破绽!"

司马师问曰："诸葛亮一生用兵谨慎，今日何故如此?"

司马懿笑曰："我们轻取街亭，断其咽喉，其急于撤军，只顾分头准备，却没料到我们会直奔西城，以致如此狼狈。"

"父亲英明。"二人同时赞道。

"父亲既然识破真相，何不入城擒了诸葛亮?"司马师惊问。

"小声点儿。"司马懿低声道，"擒了诸葛亮，后果如何?"

"蜀兵将不堪一击，蜀国将唾手可得。"

"灭蜀以后呢?"

"鼎足之势不存，东吴自然无力与我抗衡，一统局面将重新形成。"

"既然飞鸟已尽，良弓还有何用?"

司马兄弟大悟，再次惊倒。

"曹睿乃心胸狭窄之人，对我们父子早已心怀疑忌，我们不得不防。先前我们本无过错，诸葛亮小施计谋，我们便被免职。起用我们，乃迫于诸葛亮的强大攻势而已，一旦危机解除，天下太平，我们岂不再遭暗算?"

父子三人感慨良久。

"既然如此，今后的仗怎么打?"

"徘徊在胜与不胜的边缘。不能败，也不能胜。败了曹睿不答应，胜了我们更加危险。"

"不能痛痛快快地将蜀兵一举击垮，真是遗憾!"

"欲成大事，不能逞一时之勇。"

"什么时候我们才能与诸葛亮一决雌雄？"

"诸葛亮根本不足为忧，其屡屡伐魏，本属逆天强为。更兼其夙兴夜寐，操劳过度，以致寝食难安，如此下去，岂能长久。我们的真正威胁在国内，国内问题解决了，其他问题自然会迎刃而解。"

"父亲深谋远虑，远非儿子能及。"兄弟二人同时赞道。

"你们没有长进，我的努力又有何用？"

二人点头称是。

父子三人研读兵法直至深夜。

"今日之战，后人将如何评价？"最后，司马师问曰。

司马懿叹曰："必对诸葛亮的聪明才智大书特书，却不知我们才是真正赢家。芸芸众生能看到的只是一场战斗的胜负罢了，又有几人能够洞悉政治军事斗争的复杂，看到胜负背后的真正赢家呢？"

坠落之旅

○休止符

  我站在十楼的窗口向外俯身张望，一不小心就掉了下来。

  这是个明亮的早晨，蓝天里飘着几缕若有若无的云丝，一群灰色的鸽子正穿过阳光飞来，拉出一缕悠长的哨音。其中有几只鸽子绕着我飞了几圈，用它们豆粒儿似的眼睛盯着我看。我对它们嘘了一声，那些鸽子就又飞走了。

  我晃晃悠悠地躺在空气里往下掉，经过了第九层的窗口，窗口里站着个七八岁的小男孩，看到我正经过他的窗口，小男孩睁大漆黑的眼睛兴奋地跑过来问我："你是在飞吗？"我回答说："真可惜，我不会飞。"那个男孩哦了一声，显出失望的样子，他转身又回到窗子里面地板当中的那一大堆玩具中去了。我饶有兴趣地打量他，他似乎在忙着组装什么复杂的东西。我就问他："小弟弟你在玩什么呢？"男孩说："我在做降落伞，然后我要飞。嗯，好了。"说完，他拿起一大团五颜六色的东西飞快地爬上了一个高高的柜子。男孩在柜子上面展开了那一团布片和五彩线头，把它们高高举过头顶，严肃地宣布："我要起飞了。"接着他扑通一声跳了下来，重重地摔在了地板上，我哈哈大笑，幸灾乐祸地说："飞翔失败了！"男孩瞪了我一眼，又重新低头去忙碌。"即使你成功了，那也叫滑翔，不叫飞。"我说。他抬起头看我，表情很严肃。认真地考虑了一会儿之后，他说："有办法了，我可以吹很多气球，让它们带着我飞。"我说："真是个好主意！"然后我扑扇了一下双臂，补充说："其实最好还是有一双翅膀，就像小鸟。"男孩瞟了我一眼，自顾自地忙碌，翻找出来很多红红绿绿的气球。这时，一个胖胖的卷发妇人推开了门，她对男孩吼道："只知道玩，到时间该去练钢琴了。"然后这个妇人就把男孩拉出了房间。我挺无聊地看着空荡荡的房间，心里挺后悔为什么刚才没向男孩要几个气球呢？

我继续晃晃悠悠地往下掉，经过了第八层的窗口。窗口里有一个十七八的少女，她正在照镜子。她拿起窗台上摆着的脂粉开始往脸上涂抹，认真极了。我仔细端详这张漂亮的脸蛋儿，她有着长长的睫毛，翘翘的鼻子和纤巧的下巴。我说："姑娘，你真漂亮。"她笑了，对我眨眨眼睛说："谁都这么夸我。我现在在等我男朋友呢，他马上就要来了。你这是在干吗？"我在半空耸了耸肩对她说："一不小心掉下来了呗。"姑娘说："呵呵，那你可真倒霉的。""你把我拉进去吧，你看我正在往下掉呢。"说话工夫，我又掉下来了一些，现在我已经需要抬着头和她讲话了。她侧头考虑了一下，说："也对，缘分嘛！"然后她伸出手准备拉住我。就在这当口，突然响起了敲门声。姑娘说："我男朋友来了，你等我一下，我先去开门。"然后她就飞快地跑去开门了。她跑过去的时候，我掉过了第八层，耳朵里听得见她拖鞋趿拉趿拉的声音。

我继续晃晃悠悠地往下掉，经过了第七层的窗口。经过的时候我脑子里还回想着那个漂亮的姑娘，直到那个留着胡子的男人叫我才从迷糊中清醒。"嘿，哥们儿，掉下来了？"大胡子招呼我。"你这不是都瞧见了吗？"我看看这个大胡子，感觉自己的下巴也痒痒的。我摸了摸，那里已经有些扎手了，早上我还没来得及刮胡子。这时候我听见下面挺吵，就低头看了看，发现下面不知什么时候已经聚集了一大群人正在朝上看，并且议论纷纷。我问那大胡子："哥们儿，底下那帮家伙都干吗呢？"他也探头往下瞅瞅，说："不知道，哥们儿你等着我给你下去问问。"说完大胡子飞快地开门跑了下去。等他又跑上来的时候，我已经快要掉到第六层了。大胡子把头向我探出来大声喊："哥们儿，那帮家伙都在看你呢。"我向下看了看，底下黑压压的人越来越多。

狼的传说

○谢雪松

多年前，由于人类对生态的严重破坏，造成森林面积大量减少，草原慢慢变成了戈壁，令许多小动物纷纷绝迹。对于狼来说，这可不是一件好事，生存的危机不得不让狼群集合在一起，共商以后的出路。

经过紧急磋商，大部分的狼认为，现在，能救它们的，唯有人类。人是万物之灵，能呼风唤雨，为所欲为。

也有狼持不同的意见，说人类一直就仇视我们，要是去找他们，岂不等于羊入虎口？

狼王说，你们的观念必须要改变。在这个世上，没有永远的敌人。就譬如狗，它们和我们是近亲，还号称人类的朋友。它们在人类的庇护下，活得逍遥自在。这是为什么呢？因为它们对人忠心。细究起来，我们其实比狗聪明，狗能做到的事，我们为什么不能？难道，我们连狗都不如？

众狼纷纷点头，陷入沉思。

所以，我决定，狼王继续说，派代表和人类谈判，做人类的朋友，就算帮他们看家护院，也没有什么大不了的。毕竟，活着，比什么都重要。

不，有几只狼大吼，那样做，我们和狗有什么不同？狼就是狼，狗就是狗，宁死我们也不会低头。

好，狼王仰天长嚎，我也不勉强大家，道不同，不相为谋，你们就等着横尸山头吧。

在进行了多次艰难的谈判之后，人类终于同意与狼和好，但同时也提了几点要求：一、狼要对人类忠心耿耿，不得有异心；二、人类喂骨头时，必须摇尾以示感激和友好；三、要和狗交朋友，多向狗讨教与人类相处的方法；四、人类想吃狼肉时，必须毫无怨言，不得怒目而视……

狼终于过上了相对安定的日子。虽然，失去了一些自尊，失去了驰骋的快感，也失去了些许的自由，但是狼认为，还有什么比生存更重要的呢？

许多年过去了，待在人身边的狼已经忘记过去的生活，甚至忘记了自己是狼。它们都认为自己是狗，一只必须对人类忠心的狗。它们已经习惯了被人类摆布，或是做人类的宠物。它们极力讨好着人类，可以为一根骨头摇尾乞怜，也可以为人类的抚摸而欢欣鼓舞。而人类，也似乎忘记了以前的狼是什么模样。在字典里，他们是这样介绍狼的：狼，属于狗的一种，性情温顺、肉味鲜美、皮毛可做衣服……

但是，谁也想不到，在深山僻静处，还生活着一群真正的狼。它们正是以前不愿跟随狼王的几只狼的后代。直到现在，它们一点也没有改变。它们苦苦地挣扎着，并为自己是真正的狼而感到自豪。为了找回以前的辉煌，它们决定去劝服人类身边的狼，让它们回到山林中来，重振以前的雄风。

也许，这些狼真的太天真了，习惯了人类庇护的那些狼，怎么可能听得进去呢？它们嘲笑着山林中的狼，还洋洋得意地抖动着肥胖的身躯。最后，甚至还联合起来攻击山林中的狼。

我们的同胞已经被狡猾的人类蒙蔽了心灵，头狼悲愤地吼道，我们必须为尊严而战，我们要唤醒我们的同类，同时也要让人类知道，狼就是狼，而不是任人摆布的狗。

这一群狼正式向人类发起了挑战。它们攻击人类，咬死或咬伤人类养的牛和羊，还要求人类为狼正名。

　　对于这些狼的疯狂举动，人类感到可笑，他们在媒体中报道说：有几只可笑的疯狗，居然自称是狼到处为非作歹。对于这些疯狗的行为，我们感到遗憾。不过，为了社会的安定，我们也必将严厉制止这一臆想行为……

　　狼群再次受到了生存的威胁。在紧要关头，它们不得不再次求助人类身边的狼，让它们清醒过来，为自由、为尊严、也为了"狼"这一个字眼而战。

　　事实再次证明，它们是彻底的失败者。人类身边的狼，也或者是狗群起而攻之，加上人的围剿，最后只剩下一匹狼独自逃回了山林。

　　舔着身上的伤口，这匹狼流下了悲伤的泪。它的泪，不是痛，而是一种无限的哀伤。它对着天空久久地嚎叫，一声声，凄凄戚戚。

　　也许不久后，这世上唯一的一匹真正的狼也将死去。那时，狼就永远成了一种传说。

怡红院的特殊人才

○侯国平

怡红院要评选特殊人才啦，宝二爷说的，这是好事。怡红院的特殊人才还用评么？按照"平、袭、晴、紫、鸳"的排行榜，谁都知道是怎么回事，但宝玉说，要评。

为什么要在怡红院评选特殊人才呢？宝二爷说，为了适应大观园日新月异的发展需要，加强怡红院人才队伍建设，提高管理水平，发现和培养各项工作的带头人。

怡红院的丫头们，不想知道这些，她们想知道，评上了特殊人才，都享受哪些待遇。按说，在怡红院里上班，待遇很不错了，这让那些找不到工作的大学生们羡慕得很，都是白领干的活，工资不拖欠，月资一千多。最近又颁布了《大观园丫环法》，按照法律，丫头们的工资还要涨，一涨就涨三千多，平日出门办事都有车子坐，还有年休假。在园子里，只要说是怡红院的丫环，大家都另眼高看。但这些只能算实现了小康。俗话说，人往高处走，水往低处流，谁不想挣更多的钱呢？

宝二爷说，只要评上了特殊人才，就发给红彤彤的人才证书。袭人、晴雯忙问，什么样，有多大？宝玉说，比芭蕉扇大，封面烫金，一闪一亮的。晴雯又问，要钱么？不等宝玉回答，袭人就说，你这呆子，都评上了特殊人才，还心疼那几个银子。晴雯说，谁心疼啦，八字没一撇呢，你给评上的呀。

宝玉叫二人别闹，接着说，评上了特殊人才，每月发给一千元津贴。晴雯拉长了嗓门"咦"起来，说比得上五个低保户的生活费了。宝玉又说，每月报销五百元电话费。晴雯又咦了一声，一连咦了好几声，脸都红了。再看看袭人，也是脸上红彤彤的。

袭人想了想问道，不知有啥条件没有？

宝玉说，只要是在怡红院工作的丫环，热爱大观园，听从凤奶奶的指挥，叫干啥就干啥，本职工作干得出色，年龄不超过五十五周岁，都可以入选特殊人才。

晴雯听了，嘻嘻笑个不停。宝二爷说的这些，她哪一条都够得上。她已经在怡红院里工作多年，对大观园里的一草一木都深有感情，爱得不得了。见了老祖宗肃然起敬，连大气也不敢吭一声，保持得要多一致有多一致。本职工作更不用说，拢茶炉子，喂雀儿，浇花儿，这些活，她样样拿手，五儿，红儿这些小丫头，都是她手把手教会的。

宝玉猛不妨又说，还有一个条件呢，要出一本书才中。

晴雯一听便愣住了，袭人也愣住了。她们齐声问，这是真的？宝玉说，真的，老祖宗亲自圈阅审定的，特殊人才一定要出一本书。

晴雯又咦了好一阵子，说，敢情是唬弄俺的，俺一个丫头，出的哪门子书呢？宝玉不慌不忙说，这有什么，如今唱戏的，唱歌的，演小品的，说相声的，都能出书，你一个怡红院的白领，咋不能出一本？

宝玉说得容易，但具体到怡红院的丫头们就很难。平日里丫头们忙得不拾闲，很少看书写字，勉强发个短信，聊聊天还凑合，真要鼓捣出一本书来，谈何容易，这毕竟不是吹糖人哟。

但为了特殊人才，这书非出不可。宝玉鼓励大家迎着困难上。袭人说，怎么上呀，花钱雇枪手，也来不及了呀。还是晴雯的鬼点子多，她说，把小时候学堂里写的作文，拢归起来，就够出一本书了。袭人说，这个主意好，于是翻箱倒柜，翻出了几十篇小时候写的作文，看了看，有得六十分的，也有得七十分的。顾不了那许多，先凑够一本书再说。

接下来，就是找出版社，如今出书容易得很，有钱就中，出版社都靠卖书号生存，一个书号一两万，印刷费还要另算。袭人点点指头尖儿光叹气，出一本书，要花两三万，是一笔不小的负担哩。

在这关键时刻，宝二爷向她们伸出了援助之手，为她们多方寻找便宜一点的出版社，最后选定了柳湘莲出版公司，并且建议怡红院的丫头们联合出书，买一个书号，出丛书，一共十二本，每人只负担五千块。秋纹、麝月、若雪、五儿、红玉人人都参与，大家高兴得都跳起来了。

怡红丛书，十二本，已于近日出版，怡红院特殊人才选拔工作也进入重要阶段。

镜像之遇

○ 夏　景

有一年的时间了，我受人委托给人照相。

这个周六，又去。车开得远，离市区有段距离。给我找事做的段弟弟在一个志愿者网站工作，车在白房子门口停下，是疗养院，有人慢慢地踱出门口来看我们。也许因为在山地，加上住户都是老弱病残，阳光在这里似乎停顿了，一切显得萧索。

段弟弟说："今天来看的主角在三楼，还是你的'粉丝'呢。"

我边上楼边检查相机，说："不可能吧，一个拍照片的，会有什么'粉丝'？"

段弟弟说："怎么对自己这么没信心，你是摄影家，是家都会有人追捧的。"

房间里很干净。单人房，带卫生间，窗台还养着一盆龟背竹，女主人对着窗户坐着，背影颇有气质。段弟弟说："我们来了。"

女人拿出了一本书来，熟悉的封面令我感动。也许段弟弟说得没错，她真是我的"粉丝"。这本西藏的画册我只出了两千本，我自己都不知道流散在什么地方。她还准备好了笔，让我给她签名。

"我喜欢你拍的照片。"她说，"即使拍的是块石头，也温情脉脉。"

我握握她的手，冰凉瘦削。我说，让我来看看你都有些什么衣服吧。

拖了些天，我答应和卢家陶一起约会。约会的内容计有坐车、吃饭、喝茶、散步……都比较素。按他的话来说，是想找个僻静的地方，对我诉说诉说这些年的苦闷，并表达歉意和惦念。

我承认我有时候很脆弱，虽然离开卢家陶后还谈过好几次不咸不淡的恋爱，对爱情或者说对男人也有了不少了解，但只要有人献殷勤，我还是很难把持。

"让我娶你好不好？"他突然这么问我。

我说："因为什么？我拍照拍得好？"

"不。"他说，"这么多年，我发现自己最想的还是你。我们结婚吧。"

我看着他手里的相机，眼神忧郁，沉默不语。我不知道他为什么还不快点拍一张，不用看镜头，我都知道我摆的这个 POSE 一定是很不错的。

你既然爱我，为何还要把自己入赘给一个斜眼姑娘？

话已到了嘴边，终究还是咽了下去。

就算他曾背叛过你，也是生活所迫，住那样的房子，还有那样的女房东，谁说年轻就该受着，何况他身健貌美？

如换了是我，有这样一个公子，别说斜眼，就是瘸脚，我又怎敢确定自己会高尚到哪里去？

所以，我今天的成就，应是卢家陶和斜眼姑娘所给。想到此，不仅不气，更心清境明，粲然一笑："快拍啊。"

我的女粉丝给我发短信："照片洗出来了，效果超好，我想与你一起分享。"

我惊异，快死的人了，还说"超好"。

她戴了大檐帽，长裙，密不透风，坐在水乡茶楼里，与我一起观看小妹表演茶道。一周没见，她似乎更瘦了，身上有种气被凭空抽掉了。我默默地看着她，有种恍惚，她会不会像一只蝴蝶，突然从窗前飞走？

有一张是站在病床前，天色暗了后拍的：她的手紧紧握在床杆上，手背的皮肤很细，泛着让整个画面生动起来的光泽，也许是夕阳正照在这个地方吧，而现实中的手，却早已因输液扎针乌黑发青。

她的脸正转过去，半掩在半明半暗的光线中，只能看见稍歪的嘴角，像惊魂未定的一只小鸟。

很好的腰肢，挺拔的身体。我忍不住再次拿出相机，为她拍，又信誓旦旦："完了我给你曝光处理，一定好看。"

她却突然握住我的手，带着恳求："你一定要答应我，否则把他留给谁我都不放心。"

我骇然，不知她在说什么。难道就因为几张相片，就值得如此叮咛？她却神情凄凉，抵死要我答应的样子。再问几遍，终于清楚，她说的他，竟是卢家陶。

卢家陶在我的面前，却绝口不提他老婆，样子纯情得仿佛处男。我仔细看他的神情，并没有任何难过。结果倒显得我太八婆，主动去问他怎么对他老婆交代。

"你怎么考虑我们的问题？"他迫不及待。

"我们有什么问题？"我绕弯，"你是说我和你吗？"

"你答应跟我结婚吗？"他倒很直接。

"不。"我说。

"可你却答应跟我约会啊。"

"因为我有东西要给你。"说着我把纸袋拿出来，里面是他老婆的照片。她跟我见面第三天，就去世了。曝光处理好的相片，还没来得及交给她。

看卢家陶的样子，很解气。不知道这两个人，怎么竟还坚持做了七年夫妻，拿出自己的大好年华来消磨对方，如此活着，真是生不如死。

女人给卢家陶留了不少钱，而他能拿到这钱的唯一条件，就是和我结婚。

她知道他在外面的所有花头，那些女人，让她倍受打击。唯一想起来尚有自豪感的，就是当初灰溜溜败下阵来的我了。所以她要用我做砝码，来牵制卢家陶。

卢家陶以为我还蒙在鼓里，他以为他用点柔情似水或者讲点真话的小伎俩，就能让我心软。他还拿我当多年前爱情至上的女孩子来看，我真不知应该庆幸还是悲伤。我问他，那笔钱有多少，如果我愿意，我又能分到多少？

"你真让我……幻灭。"他说。

"你这样说，就不怕一分钱也拿不到？"

"女人，"他嘟囔着，脸转向一边，愤愤地说，"总是给男人带来麻烦。"

"你有勇气不要这麻烦吗？"我讥讽他。站起身，我才不要和他过一样的生活呢。那笔钱，几十万，不多，但也不少。

卢家陶的老婆，一定像很多年前吃定我一样，知道我不会放弃这样的好处。而卢家陶，密不透风地保密这笔钱，说穿了不过是为了婚后独吞。

这么多年的摄影生涯，早教给我一条金科玉律：想要披露真实，首先得反过来看。

而如果我不跟卢家陶结婚，这钱就会全部捐给段弟弟的临终关怀网站。

这家网站的注册人是我，而段弟弟，不过是我叫来帮忙的人而已。

责任事故

〇 数码蜘蛛

张三是公司传达室的门卫，负责来宾登记、报刊收发什么的。他珍惜这个岗位，做好每一件小事，没出过任何差错。就像看守的大门一样，该开就会开着，该关也就关了。

意料不到，不出差错，一出却是个事故，而且事前没有一点预兆。这天同往日一样的平淡。上班不久，邮递员送来了一大叠邮件。张三熟练地将报刊信件按部室一一分发好，其中有一个包裹单让他犯了愁。这是从外地寄来的，寄给公司一个叫李四的同志。张三左思右想，想不出公司里谁是李四。张三看门的时间不长，不足十个月，不会认识公司和机关楼所有的人。

张三拿着包裹单向机关楼走去。他就是这样一步一步走向了错误，直至事故的发生。

张三来到办公室，一位男同志正在翻阅一本鲜艳的杂志。张三问："刚刚收到一个包裹单，是寄给李四的。我们公司有没有这个人？是不是在这上班呢？"这位男同志看着杂志，像医院的导诊，举一反三地回答："你想要找人，就应该去找——人事部。"

张三来到人事部，一位女同志在看电脑。张三问我们公司有没有一个叫李四的人？女同志瞟了他一眼说："我们部里没这个人。你去旁边财务部问一下吧。"张三去了财务部、销售部、质检部、政工部、后勤部，大家的回答如出一辙："我们部里没有这个人。"没有找到李四，张三感到很失落。

好几天，张三趁在机关楼递送报纸的时机，十分留意大家相互之间的招呼、问候。有叫王二、钱五、孙六的，没有听见叫李四的。

　　终于逮着个机会。公司召集机关全体工作人员开会，传达上面的重要会议精神。因为不准无故缺席，到会的人很多。会前开始点名，来了的点，没来的也点。张三竖起耳朵一个不漏听得仔细，王二、钱五、孙六都点了，就是没有听见点李四的名。机关没有李四，所以找不到李四。张三对自己的推断十分自信。

　　张三向邮递员陈述寻找李四的过程，邮递员一听就知道结果，打断张三的话："你说没这个人就肯定没有。你签上查无此人退回好了。"张三捏着笔，一横一竖在包裹单上写上了"查无此人"几个字，并签上了自己的名字。

　　邮递员骑着车走了。张三这个错误就划上了句号，事故不知不觉发生了。

　　在这个公司，在这个机关楼，有一个姓李名四的人。但大家都不叫他李四，而是称他李董。李董原来是公司的总经理，现在是公司的董事长。

　　张三认识李董，但没机会叫过。李董进出大门都是坐在车内。李董在董事长室工作，张三送给他的报刊都是由秘书转交。寄给他的信件上面都是写着李董事长收，没有人写李四收。这个包裹单写着李四确实是一个例外。这是李董的老婆寄给他的。他老婆只叫他李四，没叫过什么李董。

　　张三是在认真看着大门时被办公室主任和人事部长揪去的。张三一听就知晓这是个大错，自己有生以来所有的错加在一起都没有这个错大。正如办公室主任概括的，这是一起严重的事故，是人为制造的责任事故，张三对此负有全部责任。

　　张三调离了门卫岗位，没地方安排，暂时待岗。对这个同志式的处理，张三口服心服，感激涕零。很多年以后，张三跟人说起这件事，他总是会感叹地说："我这一生最对不起的人就是李董啊！"

瞎子陈告

○彭晓玲

上世纪四十年代，浏阳城依然是座古模古样的小城。浏阳河绕城而过，西城沿水门口，转衙背街，至西正街，都是清一色的编爆庄。穿过闹市，再往西走，傍浏阳河之岸有不少纸槽。纸槽之后是一片很大的空地，其上立着三间大草棚，这便是乞头棚，乞头乃赫赫有名的瞎子陈告。

说起乞头陈告，浏阳城几乎家喻户晓，大商家大铺户，更是敬之又畏之三分。陈告不太爱出门，可倘若城里有商家铺户做红白喜事，无论如何得出来走走。于是，高高瘦瘦的陈告，穿一身灰白的麻布衣服，颈后斜插一支鸡毛帚，右肩搭一布袋，前后各缝有四只口袋，由一少年乞丐友癫子牵着缓缓地穿行于闹市。来到主家，陈告子叫友癫子放一挂 20 响的爆竹，然后拖过一条板凳，静静地坐在大门口。主家管事便赶紧跑过来招呼，按旧例抬来一桌满满的酒席。陈告子也不吱声，示意友癫子将饭菜悉数倒进带来的大竹筒里，然后起身就走。

一日，西门秦保长家收媳妇，秦保长仗着有些后台，在西门做了不少欺行霸市的坏事。陈告子自是又来了，门口大坪里已摆了上百桌酒席。管事赶紧迎了上去，陈告竟开口要大洋 100 块、白米 50 石、上等酒席一桌。管事不敢做主，便跑去向秦保长报告。胖墩墩的秦保长气忿忿地说："你不要理他，让他去！"管事一脸尴尬，进也不是，退也不是，陈告则装作什么都没听见，静静地坐在门口。不久，花轿进了门，新人热热闹闹拜堂之后，便大开筵席了。宾客纷纷就坐，友癞子忽地一声呼哨，四面八方冒出一大群乞丐，抢先将酒席桌子坐满了，没抢到座位的，便到厨下帮着端菜。好似风卷残云，只一会工夫，秦保长家准备了几天的酒席让众乞丐吃得一干二净。管事与几位保丁上前劝说，却被推搡得哟哟直唤，无望地退到一边。众乞丐仍不罢休，叫嚷着要闹洞房，给保长少爷冲冲喜。秦保长又气又恼，派人去请楚荆山龙头大爷陈泰湖，赶紧来出面讲和。陈泰湖匆匆赶来，代秦保长和缓地向陈告讨教，陈告也不恼，只是一口咬定要大洋100块、白米50石，上等酒席则加到十桌。此时，秦保长只得自认倒霉，一一应承。陈告便手一扬，友癞子又一声呼哨，众乞丐刹时无影无踪了。

陈告也由友癞子牵着回到丐头棚。丐头棚里没有床，靠里端墙角铺了些稻草。倒是正门左角落里，挖了一个坑，燃着火，上吊一只大炉罐，煮着陈告讨来的酒席菜。住在丐棚两偏房里的乞丐，谁饿了谁都可以用勺子捞东西吃。令人惊奇的是，在厅堂两侧木板墙上，挖了一对靠得很近的圆洞。圆洞不大，只拳头大小，如空洞呆板的眼神。

说来令人难以置信，陈告几乎不出门，可城里商家铺户遭盗，往往直接去找陈告，向他报告所遗失财物，请他出面抓贼。很多时候，赃物往往已在陈告之处，失者只需交些手续费便可全数领回，但万万不可询问偷者是谁。事实上，浏阳境内的贼，头天晚上偷了东西，大都会于第二天大清早将所偷之物交给陈告。待失者持钱来取，陈告便将大部分的手续费给偷者。当然，也有人不愿将赃物交给陈告，陈告便让友癞子牵着来到贼挖的洞跟前，用手摸摸洞的大小形状，然后一声不吭地回丐棚。没多久，便会有乞丐将陈告所认定的贼抓至他跟前。对方自然再三狡辩，陈告便冷冷地看看对方，让其站在木板墙边，将手伸过圆洞。很快，便有大个子乞丐将细麻绳上端套住两只大拇指，下端则吊上一块大青砖，再用竹筷子插进大拇指麻绳圈，用力地旋转。此时，任是英雄还是狗熊，支撑不了多久，便痛得冷汗直淌，凄厉地呼喊，一一招认所偷之财物。陈告也就不再为难，令人取来赃物，之后依然付其手续费。

城里有名的金茂松，于一隆冬之夜，让贼自外墙挖了个洞，进得店里，将所有金银玉器洗劫一空。老板急得团团转，跑到警察局去报了案，可整整两个月过去，警察局还没理出头绪，便让金茂松去找陈告。陈告让友癞子将他牵到金茂松，来来回回摸了摸贼挖下的洞，缓缓说道："是江淮帮生贼偷的！"第二天，陈告派出去的几个乞丐便捉来三个外地人，一问果真是江淮一带之人。陈告便不动声色地问道："两个月之前，你们是不是在金茂松拿了一批货？"对方说什么也不承认，陈告便叫一旁的乞丐给他们套手指。没一袋烟工夫，对方一一如实招了，还说所有货全埋在西湖山上。陈告派人去起赃，果真一件不少，这才放了他们。

金茂松老板很是感激，令人精心打了一座银财神，择一黄道吉日，亲自领人敲锣打鼓地送到乞头棚。陈告却不领情："讨饭的人哪有地方放财神？还是按老规矩，给我3%的手续费！"金茂松只得将财神抬了回去，送来三十担谷，还有一坛坛好酒大碗大碗的红烧肉。陈告这才接了。